且讀

……

04

老舍

文学精读

老舍 著

浙江人民出版社

图书在版编目（CIP）数据

文学精读. 老舍 / 老舍著. —杭州 : 浙江人民出版社，2018.6（2019.6重印）

ISBN 978-7-213-08765-3

Ⅰ. ①文… Ⅱ. ①老… Ⅲ. ①中国文学-现代文学-作品综合集 Ⅳ. ①I211

中国版本图书馆CIP数据核字(2018)第108700号

文学精读·老舍

老 舍 著

出版发行：浙江人民出版社（杭州市体育场路347号 邮编 310006）

市场部电话：(0571)85061682 85176516

责任编辑：余慧琴

责任校对：戴文英

责任印务：陈 峰

封面设计：观止堂_未氓

电脑制版：杭州天一图文制作有限公司

印 刷：杭州富春印务有限公司

开 本：880毫米×1230毫米 1/32 印 张：6.875

字 数：128千字 插 页：4

版 次：2018年6月第1版 印 次：2019年6月第4次印刷

书 号：ISBN 978-7-213-08765-3

定 价：32.00元

1964年的老舍

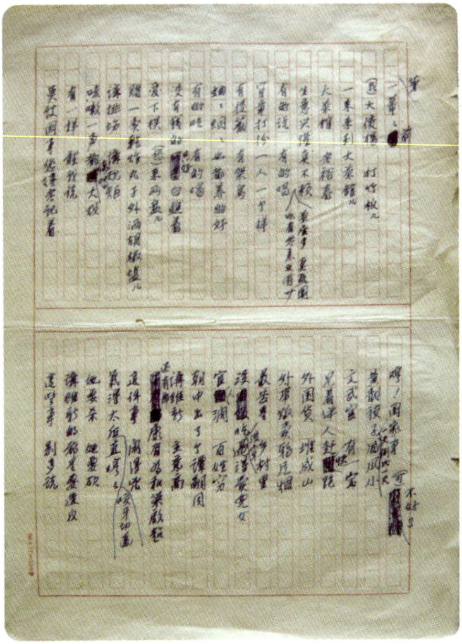

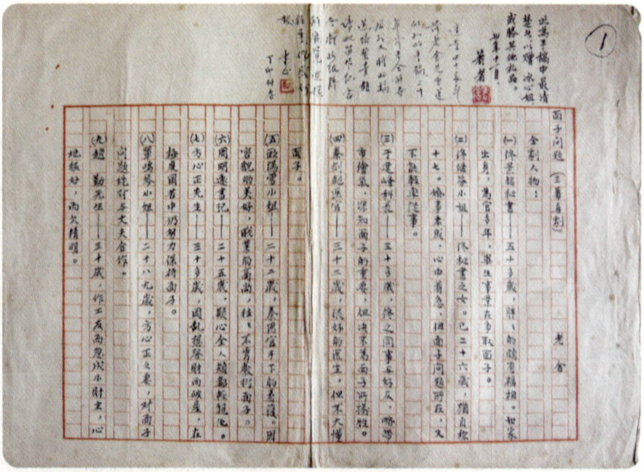
此为三稿中最清楚者，以赠冰心姐，或胜其他数页。
卅年十月 舍著

面子问题（三幕喜剧） 老舍

全剧人物：

(一)佟景铭秘书——五十多岁，胖胖的很有福相。世家出身，为官多年，毕生事业在争取面子。

(二)佟继芬小姐——佟秘书之女。已二十六岁，犹自称十七。婚事未成，心中着急，但面子问题所在，又不敢轻率从事。

(三)于建峰科长——三十多岁，佟之同事与好友。略带市侩气，深知面子的重要，但决不为面子所牺牲。

(四)秦剑飞处长——三十二岁，很好的医生，但不大懂面子。

(五)欧阳雪小姐——二十二岁，秦处长手下的书记。因容貌的美好，职业的高尚，往往不肯敷衍面子。

(六)周明远书记——二十五岁，疑心全人类都轻视他。

(七)方心正先生——三十多岁，因乱想发财而破产，在极度困苦中仍努力保持面子。

(八)单鸣琴小姐——二十八九岁，方心正之妻，对面子问题总行与丈夫合作。

(九)赵勤先生——三十岁，作工友而思成小财主，心地极好，而欠精明。

1 | 3
2 | 4

❶ 1934年老舍夫妇与未满周岁的大女儿舒济在济南家中合影

❷ 话剧《茶馆》首页

❸ 话剧《面子问题》首页，曾赠送给冰心，后冰心送还给老舍家人

❹ 1956年老舍在疗养院与医务工作者闲谈

老舍写作照（1947年在美国）

注：图片均由老舍纪念馆提供。

目录

散文

文学精读·老舍 >>

想北平

设若让我写一本小说，以北平作背景，我不至于害怕，因为我可以捡着我知道的写，而躲开我所不知道的。让我单摆浮搁的讲一套北平，我没办法。北平的地方那么大，事情那么多，我知道的真觉太少了，虽然我生在那里，一直到廿七岁才离开。以名胜说，我没到过陶然亭，这多可笑！以此类推，我所知道的那点只是“我的北平”，而我的北平大概等于牛的一毛。

可是，我真爱北平。这个爱几乎是要说而说不出的。我爱我的母亲。怎样爱？我说不出。在我想作一件事讨她老人家喜欢的时候，我独自微微地笑着；在我想到她的健康而不放心的时候，我欲落泪。言语是不够表现我的心情的，只有独自微笑或落泪才足以把内心揭露在外面一些来。我之爱北平也近乎这个。夸奖这个古城的某一点是容易的，可是那就把北平看得太小了。我所爱的北平不是枝枝节节的一些什么，而是整个儿与我的心灵相粘合的一段历史，一大块地方，多少风景名胜，从雨后什刹海的蜻蜓一直到我梦里的玉泉山的塔影，都积凑到一块，每一小的事件中有个我，我的每一思念中有个北平，这只有说不出而已。

真愿成为诗人，把一切好听好看的字都浸在自己的心血里，像杜鹃似的啼出北平的俊伟。啊！我不是诗人！我将永远道不出我的爱，一种像由音乐与图画所引起的爱。这不但是辜负了北平，也对不住我自己，因为我的最初的知识与印象都得自北平，它是在我的血里，我的性格与脾气里有许多地方是这古城所赐给的。我不能爱上海与天津，因为我心中有个北平。可是我说不出来！

伦敦，巴黎，罗马与堪司坦丁堡[①]，曾被称为欧洲的四大“历史的都城”。我知道一些伦敦的情形；巴黎与罗马只是到过而已；堪司坦丁堡根本没有去过。就伦敦，巴黎，罗马来说，巴黎更近似北平——虽然“近似”两字要拉扯得很远——不过，假使让我“家住巴黎”，我一定会和没有家一样的感到寂苦。巴黎，据我看，还太热闹。自然，那里也有空旷静寂的地方，可是又未免太旷；不像北平那样既复杂而又有个边际，使我能摸着——那长着红酸枣的老城墙！面向着积水潭，背后是城墙，坐在石上看水中的小蝌蚪或苇叶上的嫩蜻蜓，我可以快乐地坐一天，心中完全安适，无所求也无可怕，像小儿安睡

① 通译君士坦丁堡，即伊斯坦布尔，土耳其港市。

在摇篮里。是的，北平也有热闹的地方，但是它和太极拳相似，动中有静。巴黎有许多地方使人疲乏，所以咖啡与酒是必要的，以便刺激；在北平，有温和的香片茶就够了。

论说巴黎的布置已比伦敦、罗马匀调的多了，可是比上北平还差点事儿。北平在人为之中显出自然，几乎是什么地方既不挤得慌，又不太僻静：最小的胡同里的房子也有院子与树；最空旷的地方也离买卖街与住宅区不远。这种分配法可以算——在我的经验中——天下第一了。北平的好处不在处处设备得完全，而在它处处有空儿，可以使人自由地喘气；不在有好些美丽的建筑，而在建筑的四围都有空闲的地方，使它们成为美景。每一个城楼，每一个牌楼，都可以从老远就看见。况且在街上还可以看见北山与西山呢！

好学的，爱古物的，人们自然喜欢北平，因为这里书多古物多。我不好学，也没钱买古物。对于物质上，我却喜爱北平的花多菜多果子多。花草是种费钱的玩艺，可是此地的“草花儿”很便宜，而且家家有院子，可以花不多的钱而种一院子花，即使算不了什么，可是到底可爱呀。墙上的牵牛，墙根的靠山竹与草茉莉，是多么省钱省事而也足以招来蝴蝶呀！至于青菜，白菜，扁豆，毛豆角，黄瓜，菠菜，等等，大多数是直接由城外担来而送到家门口的。雨后，韭菜叶上还往往带着雨时溅起的泥点。青菜摊子上的红红绿绿几乎有诗似的美丽。果子有不少是由西山与北山来的，西山的沙果，海棠，北山的黑枣，柿子，进了城还带着一层白霜儿呀！哼，美国的橘子包着纸；遇到北平的带霜儿的玉李，还不愧杀！

是的，北平是个都城，而能有好多自己产生的花，菜，水果，这就使人更接近了自然。从它里面说，它没有像伦敦的那些成天冒烟的工厂；从外面说，它紧连着园林，菜圃与农村。采菊东篱下，在这里，确是可以悠然见南山的；大概把“南”字变个“西”或“北”，也没有多少了不得的吧。像我这样的一个贫寒的人，或者只有在北平能享受一点清福了。

好，不再说了吧；要落泪了，真想念北平呀！

（原载1936年6月16日《宇宙风》第19期）

大明湖之春

北方的春本来就不长，还往往被狂风给七手八脚的刮了走。济南的桃李丁香与海棠什么的，差不多年年被黄风吹得一干二净，地暗天昏，落花与黄沙卷在一处，再睁眼时，春已过去了！记得有一回，正是丁香乍开的时候，也就是下午两三点钟吧，屋中就非点灯不可了；风是一阵比一阵大，天色由灰而黄，而深黄，而黑黄，而漆黑，黑得可怕。第二天去看院中的两株紫丁香，花已像煮过一回，嫩叶几乎全破了！济南的秋冬，风倒很少，大概都留在春天刮呢。

有这样的风在这儿等着，济南简直可以说没有春天；那么，大明湖之春更无从说起。

济南的三大名胜，名字都起得好：千佛山，趵突泉，大明湖，都多么响亮好听！一听到“大明湖”这三个字，便联想到春光明媚和湖光山色等等，而心中浮现出一幅美景来。事实上，可是，它既不大，又不明，也不湖。

湖中现在已不是一片清水，而是用坝划开的多少块

"地"。"地"外留着几条沟，游艇沿沟而行，即是逛湖。水田不需要多么深的水，所以水黑而不清；也不要急流，所以水定而无波。东一块莲，西一块蒲，土坝挡住了水，蒲苇又遮住了莲，一望无景，只见高高低低的"庄稼"。艇行沟内，如穿高粱地然，热气腾腾，碰巧了还臭气烘烘。夏天总算还好，假若水不太臭，多少总能闻到一些荷香，而且必能看到些绿叶儿。春天，则下有黑汤，旁有破烂的土坝；风又那么野，绿柳新蒲东倒西歪，恰似挣命。所以，它既不大，又不明，也不湖。

话虽如此，这个湖到底得算个名胜。湖之不大与不明，都因为湖已不湖。假若能把"地"都收回，拆开土坝，挖深了湖身，它当然可以马上既大且明起来：湖面原本不小，而济南又有的是清凉的泉水呀。这个，也许一时作不到。不过，即使作不到这一步，就现状而言，它还应当算作名胜。北方的城市，要找有这么一片水的，真是好不容易了。千佛山满可以不算数儿，配作个名胜与否简直没多大关系。因为山在北方不是什么难找的东西呀。水，可太难找了。济南城内据说有七十二泉，城外有河，可是还非有个湖不可。泉，池，河，湖，四者俱备，这才显出济南的特色与可贵。它是北方唯一的"水城"，这个湖是少不得的。设若我们游湖时，只见沟而不见湖，请到高处去看看吧，比如在千佛山上往北眺望，则见城北灰绿的一片——大明湖；城外，华鹊二山夹着弯弯的一道灰亮光儿——黄河。这才明白了济南的不凡，不但有水，而且是这样多呀。

况且，湖景若无可观，湖中的出产可是很名贵呀。懂得什么叫作美的人或者不如懂得什么好吃的人多吧，游过苏州的往往只记得此地的点心，逛过西湖的提起来便念道那里的龙井茶，藕粉与莼菜什么的，吃到肚子里的也许比一过眼的美景更容易记住，那么大明湖的蒲菜，茭白，白花藕，还真许是它驰名天下的重要原因呢。不论怎么说吧，这些东西既都是水产，多少总带着些南国风味；在夏天，青菜挑子上带着一束束的大白莲花蓇葖出卖，在北方大概只有济南能这么“阔气”。

我写过一本小说——《大明湖》——在“一·二八”与商务印书馆一同被火烧掉了。记得我描写过一段大明湖的秋景，词句全想不起来了，只记得是什么什么秋。桑子中先生给我画过一张油画，也画的是大明湖之秋，现在还在我的屋中挂着。我写的，他画的，都是大明湖，而且都是大明湖之秋，这里大概有点意思。对了，只是在秋天，大明湖才有些美呀。济南的四季，唯有秋天最好，晴暖无风，处处明朗。这时候，请到城墙上走走，俯视秋湖，败柳残荷，水平如镜；唯其是秋色，所以连那些残破的土坝也似乎正与一切景物配合：土坝上偶尔有一两截断藕，或一些黄叶的野蔓，配着三五枝芦花，确是有些画意。“庄稼”已都收了，湖显着大了许多，大了当然也就显着明。不仅是湖宽水净，显着明美，抬头向南看，半黄的千佛山就在面前，开元寺那边的“橛子”——大概是个塔吧——静静地立在山头上。往北看，城外的河水很清，菜畦中还生着短短的绿叶。往南往北，往东往西，看吧，处处空阔明朗，有山有湖，有城有河，到这时候，我们真得到个“明”字了。桑先生那张画便是在北城墙上画的，湖边只有几株秋柳，湖中只有一只游艇，水作灰蓝色，柳叶儿半黄。湖外，他画上了千佛山；湖光山色，联成一幅秋图，明朗，素净，柳梢上似乎吹着点不大能觉出来的微风。

对不起，题目是大明湖之春，我却说了大明湖之秋，可谁教亢德先生出错了题呢！

（原载1937年3月《宇宙风》第37期）

春　风

济南与青岛是多么不相同的地方呢！一个设若比作穿肥袖马褂的老先生，那一个便应当是摩登的少女。可是这两处不无相似之点。拿气候说吧，济南的夏天可以热死人，而青岛是有名的避暑所在；冬天，济南也比青岛冷。但是，两地的春秋颇有点相同。济南到春天多风，青岛也是这样；济南的秋天是长而晴美，青岛亦然。

对于秋天，我不知应爱哪里的：济南的秋是在山上，青岛的是海边。济南是抱在小山里的；到了秋天，小山上的草色在黄绿之间，松是绿的，别的树叶差不多都是红与黄的。就是那没树木的山上，也增多了颜色——日影、草色、石层，三者能配合出种种的条纹，种种的影色。配上那光暖的蓝空，我觉到一种舒适安全，只想在山坡上似睡非睡地躺着，躺到永远。青岛的山——虽然怪秀美——不能与海相抗，秋海的波还是春样的绿，可是被清凉的蓝空给开拓出老远，平日看不见的小岛清楚的点在帆外。这远到天边的绿水使我不愿思想而不得不思想；一种无目的的思虑，要思虑而心中反倒空虚了些。济南的秋给我安全之感，青岛的秋引起我甜美的悲哀。我不知应当爱哪个。

两地的春可都被风给吹毁了。所谓春风，似乎应当温柔，轻吻着柳枝，微微吹皱了水面，偷偷地传送花香，同情地轻轻掀起禽鸟的羽毛。济南与青岛的春风都太粗猛。济南的风每每在丁香海棠开花的时候把天刮黄，什么也看不见，连花都埋在黄暗中，青岛的风少一些沙土，可是狡猾，在已很暖的时节忽然来一阵或一天的冷风，把一切都送回冬天去，棉衣不敢脱，花儿不敢开，海边翻着愁浪。

两地的风都有时候整天整夜地刮。春夜的微风送来雁叫，使人似乎多些希望。整夜的大风，门响窗户动，使人不英雄的把头埋在被子里；即使无害，也似乎不应该如此。对于我，特别觉得难堪。我生在北方，听惯了风，可也最怕风。听是听惯了，因为听惯才知道那个难受劲儿。它老使我坐卧不安，心中游游摸摸的，干什么不好，不干什么也不好。它常常打断我的希望：听见风响，我懒得出门，觉得寒冷，心中渺茫。春天仿佛应当有生气，应当有花草，这样的野风几乎是不可原谅的！我倒不是个弱不禁风的人，虽然身体不很足壮。我能受苦，只是受不住风。别种的苦处，多少是在一个地方，多少有个原因，多少可以设法减除；对风是干没办法。总不在一个地方，到处随时使我的脑子晃动，像怒海上的船。它使我说不出为什么苦痛，而且没法子避免。它自由的刮，我死受着苦。我不能和风去讲理或吵架。单单在春天刮这样的风！可是跟谁讲理去呢？苏杭的春天应当没有这不得人心的风吧？我不准知道，而希望如此。好有个地方去“避风”呀！

（原载1935年3月24日《益世报》）

怎样读小说

写一本小说不容易，读一本小说也不容易。平常人读小说，往往以为既是“小”说，必无关宏旨，所以就随便一看，看完了顺手一扔，有无心得，全不过问。这个态度，据我看来，是不大对的。光是浪费了光阴么？我们要这样去读小说，何不去玩玩球，练练武术，倒还有益于身体呀？再说，小说之所以能够存在，并不是完全因为它“小”而易读，可供消遣。反之，它之所以能够存在，正因为它有它特具的作用，不是别的书籍所能替代的。化学不能代替心理学，物理学不能代替历史；同样的，别的任何书籍也都不能代替小说。小说是讲人生经验的。我们读了小说，才会明白人间，才会知道处身涉世的道理。这一点好处不是别的书籍所能供给我们的。哲学能教咱们“明白”，但是它不如小说说得那么有趣，那么亲切，那么动人，因为哲学太板着面孔说话，而小说则生龙活虎的去描写，使人感到兴趣，因而也就不知不觉地发生了潜移默化的作用。历史也写人间，似乎与小说相同。可是，一般的说，历史往往缺乏着文艺性，使人念了头疼；即使含有文艺性，也不能像小说那样圆满生动，活龙活现。历史可以近乎小说，但代替不了小说。世间恐怕只有小说能源源本本、头头是道的描画人世生活，并且能暗示出人生意义。就是戏剧也没有这么大的本事，因为戏剧须摆在舞台上去，而舞台的限制就往往教剧本不能像小说那样自由描画。于此，我们知道了，小说是在书籍里另成一格，也就与别种书籍同样的有它独立的、无可代替的价值与使命。它不是仅供我们念着“玩”的。

读小说，第一能教我们得到益处的，便是小说的文字。世界上虽然也有文字不甚好的伟大小说，但是一般的来说，好的小说大多数是有好文字的。所以，我们读小说时，不应只注意它的内容，也须学习它的文字：看它怎么以最少的文字，形容出复杂的心态物态来；看它怎样用最恰当的文字，把人情物状一下子形容出来；活生生的立在我们的眼前。况且一部小说，又是有人有景有对话，千状万态，包罗万象，更是使我们心宽眼亮，多见多闻；假若我们细心去读的话，它简直就是一部最好的最丰富的模范文。反之，假若我们读到一部文字不甚好的小说，即使它有些内容，我们也就知道这部小说是不甚完美的，因为它有个文字拙劣的缺点。在我们读过一段描写人，或描写事物的文字以后，试把小说放在一边，而自己拟作一段，我们便得到很不小的好处，因为拿我们自己的拟作与原文一比，就看出来人家的是何等简洁有力，或委宛多姿。而且还可以看出来，人家之所以能体贴入微者，必是由真正的经验而来，并不是先写好了“人生于世”而后敷衍成章的。假若我们也要写好文章，我们便也应该去细心观察人生与事物，观察之后，加以揣摩，而后我们才能把其中的精彩部分捉到，下笔如有神矣。闭着眼睛想是写不出来东西的。

文字以外，我们该注意的是小说的内容。要断定一本小说内容的好坏，颇不容易，因为世间的任何一件事都可以作为小说的材料，实在不容易分别好坏。不过，大概的说，我们可以这样来决定：关心社会的便好，不关心社会的便坏。这似乎是说，要看作者的态度如何了。同一件事，在甲作家手里便当作一个社会问题而提出之，在乙作家手里或者就当作一件好玩的事来说。前者的态度严肃，关切人生；后者的态度随便，不关切人生。那么，前者就给我们一些知识，一点教训，所以好；后者只是供我们消遣，白费了我们的光阴，所以不好。青年们读小说，往往喜爱剑侠小说。行侠仗义，好打不平，本是一个黑暗社会中应有的好事。倘若作者专向着“侠”字这一方面去讲，他多少必能激动我们的正义感，使我们也要有除暴安良的抱负。反之，倘若作者专注意到“剑”字上去，说什么口吐白光，斗了三天三夜的法而不分胜负，便离题太远，而使我们渐渐走入魔道了。青年们没有多少判断能力，而且又血气方刚，喜欢热闹，故每每以惊奇与否断定小说的好歹，而不知惊奇的事未必有什么道理，我们费了许多光阴去阅读，并不见得有丝毫的好处。同样的，小说的穿插若专为故作惊奇，并不见得就是好作品，因为卖关子，耍笔调，都是低卑的技巧；而好的小说，虽然没有这些花样，也自能引人入胜。一部好的小说，必是真有的说，真值得说；它决不求助于小小的技巧来支持门面。作者要怎样说，自然有个打算，但是这个打算是想把故事拉得长长的，好多赚几个钱。所以，我们读一本小说，绝不该以内容与穿插的惊奇与否而定去取，而是要以作者怎样处理内容的态度，和怎样设计去表现，去定好坏。假若我们能这样去读小说，则小说一定不是只供消遣的东西，而是对我们的文学修养，与处世的道理，都大有裨益的。

（原载1943年3月10日《国文杂志》第1卷4、5期合刊）

我的理想家庭

一个二十多岁的小伙子，讲恋爱，讲革命，讲志愿，似乎天地之间，唯我独尊，简直想不到组织家庭——结婚既是爱的坟墓，家庭根本上是英雄好汉的累赘。及至过了三十，革命成功与否，事情好歹不论，反正领略够了人情世故，壮气就差点事儿了。虽然明知家庭之累，等于投胎为马为牛，可是人生总不过如此，多少也都得经验一番，既不坚持独身，结婚倒也还容易。于是发帖子请客，笑着开驶倒车，苦乐容或相抵，反正至少凑个热闹。到了四十，儿女已有二三，贫也好富也好，自己认头苦曳，对于年轻的朋友已经有好些个事儿说不到一处，而劝告他们老老实实的结婚，好早生儿养女，即是话不投缘的一例。到了这个年纪，设若还有理想，必是理想的家庭。倒退二十年，连这么一想也觉泄气。人生的矛盾可笑即在于此，年轻力壮，力求事事出轨，决不甘为火车：及至中年，心理的，生理的，种种理的什么什么，都使他不但非作火车不可，且作货车焉。把当初与现在一比较，判若两人，足够自己笑半天的！或有例外，实不多见。

明年我就四十了，已具说理想家庭的资格：大不必吹，盖亦自嘲。

我的理想家庭要有七间小平房：一间是客厅，古玩字画全非必要，只要几张很舒服宽松的椅子，一二小桌。一间书房，书籍不少，不管什么头版与古本，而都是我所爱读的。一张书桌，桌面是中国漆的，放上热茶杯不至烫成个圆白印儿。文具不讲究，可是都很好用。桌上老有一两枝鲜花，插在小瓶里。两间卧室，我独据一间，没有臭虫，而有一张极大极软的床。在这个床上，横睡直睡都可以，不论怎睡都一躺下就舒服合适，好像陷在棉花堆里，一点也不硬碰骨头。还有一间，是预备给客人住的。此外是一间厨房，一个厕所，没有下房，因为根本不预备用仆人。家中不要电话，不要播音机，不要留声机，不要麻将牌，不要风扇，不要保险柜。缺乏的东西本来很多，不过这几项是故意不要的，有人白送给我也不要。

院子必须很大。靠墙有几株小果木树。除了一块长方的土地，平坦无草，足够打开太极拳的，其他的地方就都种着花草——没有一种珍贵费事的，只求昌茂多花。屋中至少有一只花猫，院中至少也有一两盆金鱼；小树上悬着小笼，二三绿蝈蝈随意地鸣着。

这就该说到人了。屋子不多，又不要仆人，人口自然不能很多：一妻和一儿一女就正合适。先生管擦地板与玻璃，打扫院子，收拾花木，给鱼换水，给蝈蝈一两块绿黄瓜或几个毛豆；并管上街送信买书等事宜。太太管做饭，女儿任助手——顶好是十二三岁，不准小也不准大，老是十二三岁。儿子顶好是三岁，既会讲话，又胖胖的会淘气。母女于做饭之外，就做点针线，看小弟弟。大件衣服拿到外边去洗，小件的随时自己涮一涮。

既然有这么多工作，自然就没有多少工夫去听戏看电影。不过在过生日的时候，全家就出去玩半天；接一位亲或友的老太太给看家。过生日什么的永远不请客受礼，亲友家送来的红白帖子，就一概扔在字纸篓里，除非那真需要帮助的，才送一些干礼去。到过节过年的时候，吃食从丰，而且可以买一通纸牌，大家打打“索儿胡”，赌铁蚕豆或花生米。

男的没有固定的职业；只是每天写点诗或小说，每千字卖上四五十元钱。女的也没事做，除了家务就读些书。儿女永不上学，由父母教给画图，唱歌，跳舞——乱蹦也算一种舞法——和文字，手工之类。等到他们长大，或者也会仗着绘画或写文章卖一点钱吃饭；不过这是后话，顶好暂且不提。

这一家子人，因为吃得简单干净，而一天到晚又不闲着，所以身体都很不坏。因为身体好，所以没有肝火，大家都不爱闹脾气。除了为小猫上房，金鱼甩子等事着急之外，谁也不急叱白脸的。

大家的相貌也都很体面，不令人望而生厌。衣服可并不讲究，都做得很结实朴素：永远不穿又臭又硬的皮鞋。男的很体面，可不露电影明星气；女的很健美，可不红唇卷毛的鼻子朝着天。孩子们都不卷着舌头说话，淘气而不讨厌。

这个家庭顶好是在北平，其次是成都或青岛，至坏也得在苏州。无论怎样吧，反正必须在中国，因为中国是顶文明顶平安的国家；理想的家庭必在理想的国内也。

（原载1936年11月16日《论语》第100期）

读　书

若是学者才准念书，我就什么也不要说了。大概书不是专为学者预备的；那么，我可要多嘴了。

从我一生下来直到如今，没人盼望我成个学者；我永远喜欢服从多数人的意见。可是我爱念书。

书的种类很多，能和我有交情的可很少。我有决定念什么的全权；自幼儿我就会逃学，楞挨板子也不肯说我爱《三字经》和《百家姓》。对，《三字经》便可以代表一类——这类书，据我看，顶好在判了无期徒刑后去念，反正活着也没多大味儿。这类书可真不少，不知道为什么；也许是犯无期徒刑罪的太多；要不然便是太少——我自己就常想杀些写这类书的人。我可是还没杀过一个，一来是因为——我才明白过来——写这样书的人敢情有好些已经死了，比如写《尚书》的那位李二哥。二来是因为现在还有些人专爱念这类书，我不便得罪人太多了。顶好，我看是不管别人；我不爱念的就不动好了。好在，我爸爸没希望我成个学者。

第二类书也与咱无缘：书上满是公式，没有一个“然而”和“所以”。据说，这类书里藏着打开宇宙秘密的小金钥匙。我倒久想明白点真理。如地是圆的之类；可是这种书别扭，它老瞪着我。书不老老实实的当本书，瞪人干吗呀？我不能受这个气！有一回，一位朋友给我一本《相对论原理》，他说：明白这个就什么都明白了。我下了决心去念这本宝贝书。读了两个“配纸”[①]，我遇上了一个公式。我跟它“相对”了两点多钟！往后边一看，公式还多了去啦！我知道和它们“相对”下去，它们也许不在乎，我还活着不呢？

可是我对这类书，老有点敬意。这类书和第一类有些不同，我看得出。第一类书不是没法懂，而是懂了以后使我更糊涂。以我现在的理解力——比上我七岁的时候，我现在满可以作圣人了——我能明白“人之初，性本善”。明白完了，紧跟着就糊涂了；昨儿个晚上，我还挨了小女儿——玫瑰唇的小天使——一个嘴巴。我知道这个小天使性本不善，她才两岁。第二类书根本就看不懂，可是人家的纸上没印着一句废话；懂不懂的，人家不闹玄虚，它瞪我，或者我是该瞪。我的心这么一软，便把它好好放在书架上；好打好散，别太伤了和气。

这要说到第三类书了。其实这不该算一类；就这么算吧，顺嘴。这类书是这样的：名气挺大，念过的人总不肯说它坏，

① 英语Page（页）的谐音。

没念过的人老怪害羞的说将要念。譬如说《元曲》，太炎“先生”的文章，罗马的悲剧，辛克莱的小说，《大公报》——不知是哪儿出版的一本书——都算在这类里，这些书我也都拿起来过，随手便又放下了。这里还就属那本《大公报》有点劲。我不害羞，永远不说将要念。好些书的广告与威风是很大的，我只能承认那些广告作得不错，谁管它威风不威风呢。

“类”还多着呢，不便再说；有上面的三项也就足所证明我怎样的不高明了。该说读的方法。

怎样读书，在这里，是个自决的问题；我说我的，没勉强谁跟我学。第一，我读书没系统。借着什么，买着什么，遇着什么，就读什么。不懂的放下，使我糊涂的放下，没趣味的放下，不客气。我不能叫书管着我。

第二，读得很快，而不记住。书要都叫我记住，还要书干吗？书应该记住自己。对我，最讨厌的发问是：“那个典故是哪儿的呢？”“那句书是怎么来着？”我永不回答这样的考问，即使我记得。我又不是印刷机器养的，管你这一套！

读得快，因为我有时候跳过几页去。不合我的意，我就练习跳远。书要是不服气的话，来跳我呀！看侦探小说的时候，我先看最后的几页，省事。

第三，读完一本书，没有批评，谁也不告诉。一告诉就糟：“嘿，你读《啼笑因缘》？”要大家都不读《啼笑因缘》，人家写它干吗呢？一批评就糟："尊家这点意见？"我不惹气。读完一本书再打通儿架，不上算。我有我的爱与不爱，存在我自己心里。我爱念什么就念，有什么心得我自己知道，这是种享受，虽然显得自私一点。

再说呢，我读书似乎只要求一点灵感。"印象甚佳"便是好书，我没工夫去细细分析它，所以根本便不能批评。"印象甚佳"有时候并不是全书的，而是书中的一段最入我的味；因为这一段使我对这全书有了好感；其实这一段的美或者正足以破坏了全体的美，但是我不去管；有一段叫我喜欢两天的，我就感谢不尽。因此，设若我真去批评，大概是高明不了。

第四，我不读自己的书，不愿谈论自己的书。"儿子是自己的好"，我还不晓得，因为自己还没有过儿子。有个小女儿，女儿能不能代表儿子，就不得而知。"老婆是别人的好"，我也不敢加以拥护，特别是在家里。但是我准知道，书是别人的好。别人的书自然未必都好，可是至少给我一点我不知道的东西。自己的，一提都头疼！自己的书，和自己的运气，好像永远是一对儿累赘。

第五，哼，算了吧。

（原载1934年12月《太白》第1卷第7期）

我的母亲

母亲的娘家是北平德胜门外，土城儿外边，通大钟寺的大路上的一个小村里。村里一共有四五家人家，都姓马。大家都种点不十分肥美的地，但是与我同辈的兄弟们，也有当兵的，作木匠的，作泥水匠的，和当巡察的。他们虽然是农家，却养不起牛马，人手不够的时候，妇女便也须下地作活。

对于姥姥家，我只知道上述的一点。外公外婆是什么样子，我就不知道了，因为他们早已去世。至于更远的族系与家史，就更不晓得了；穷人只能顾眼前的衣食，没有工夫谈论什么过去的光荣；“家谱”这字眼，我在幼年就根本没有听说过。

母亲生在农家，所以勤俭诚实，身体也好。这一点事实却极重要，因为假若我没有这样的一位母亲，我以为我恐怕也就要大大的打个折扣了。

母亲出嫁大概是很早，因为我的大姐现在已是六十多岁的老太婆，而我的大外甥女还长我一岁啊。我有三个哥哥，四个姐姐，但能长大成人的，只有大姐，二姐，三姐，三哥与我。我是“老”儿子。生我的时候，母亲已有四十一岁，大姐二姐已都出了阁。

由大姐与二姐所嫁入的家庭来推断，在我生下之前，我的家里，大概还马马虎虎的过得去。那时候定婚讲究门当户对，而大姐丈是作小官的，二姐丈也开过一间酒馆，他们都是相当体面的人。

可是，我，我给家庭带来了不幸：我生下来，母亲晕过去半夜，才睁眼看见她的老儿子——感谢大姐，把我揣在怀中，致未冻死。

一岁半，我把父亲“克”死了。

兄不到十岁，三姐十二三岁，我才一岁半，全仗母亲独力抚养了。父亲的寡姐跟我们一块儿住，她吸鸦片，她喜摸纸牌，她的脾气极坏。为我们的衣食，母亲要给人家洗衣服，缝补或裁缝衣裳。在我的记忆中，她的手终年是鲜红微肿的。白天，她洗衣服，洗一两大绿瓦盆。她作事永远丝毫也不敷衍，就是屠户们送来的黑如铁的布袜，她也给洗得雪白。晚间，她与三姐抱着一盏油灯，还要缝补衣服，一直到半夜。她终年没有休息，可是在忙碌中她还把院子屋中收拾得清清爽爽。桌椅都是旧的，柜门的铜活久已残缺不全，可是她的手老使破桌面上没有尘土，残破的铜活发着光。院中，父亲遗留下的几盆石榴与夹竹桃，永远会得到应有的浇灌与爱护，年年夏天开许多花。

哥哥似乎没有同我玩耍过。有时候，他去读书；有时候，他去学徒；有时候，他也去卖花生或樱桃之类的小东西。母亲含着泪把他送走，不到两天，又含着泪接他回来。我不明白这都是什么事，而只觉得与他很生疏。与母亲相依为命的是我与三姐。因此，她们作事，我老在后面跟着。她们浇花，我也张罗着取水；她们扫地，我就撮土……从这里，我学得了爱花，爱清洁，守秩序。这些习惯至今还被我保存着。

有客人来，无论手中怎么窘，母亲也要设法弄一点东西去款待。舅父与表哥们往往是自己掏钱买酒肉食，这使她脸上羞得飞红，可是殷勤的给他们温酒作面，又给她一些喜悦。遇上亲友家中有喜丧事，母亲必把大褂洗得干干净净，亲自去贺吊——份礼也许只是两吊小钱。到如今如我的好客的习性，还未全改，尽管生活是这么清苦，因为自幼儿看惯了的事情是不易改掉的。

姑母常闹脾气。她单在鸡蛋里找骨头。她是我家中的阎王。直到我入了中学，她才死去，我可是没有看见母亲反抗过。“没受过婆婆的气，还不受大姑子的吗？命当如此！”母亲在非解释一下不足以平服别人的时候，才这样说。是的，命当如此。母亲活到老，穷到老，辛苦到老，全是命当如此。她最会吃亏。给亲友邻居帮忙，她总跑在前面：她会给婴儿洗三——穷朋友们可以因此少花一笔“请姥姥”钱——她会刮痧，她会给孩子们剃头，她会给少妇们绞脸……凡是她能作的，都有求必应。但是吵嘴打架，永远没有她。她宁吃亏，不逗气。当姑母死去的时候，母亲似乎把一世的委屈都哭了出来，一直哭到坟地。不知道哪里来的一位侄子，声称有承继权，母亲便一声不响，教他搬走那些破桌子烂板凳，而且把姑母养的一只肥母鸡也送给他。

可是，母亲并不软弱。父亲死在庚子闹“拳”的那一年。联军入城，挨家搜索财物鸡鸭，我们被搜两次。母亲拉着哥哥与三姐坐在墙根，等着“鬼子”进门，街门是开着的。“鬼子”进门，一刺刀先把老黄狗刺死，而后入室搜索。他们走后，母亲把破衣箱搬起，才发现了我。假若箱子不空，我早就被压死了。皇上跑了，丈夫死了，鬼子来了，满城是血光火焰，可是母亲不怕，她要在刺刀下，饥荒中，保护着儿女。北平有多少变乱啊，有时候兵变了，街市整条的烧起，火团落在我们院中。有时候内战了，城门紧闭，铺店关门，昼夜响着枪炮。这惊恐，这紧张，再加上一家饮食的筹划，儿女安全的顾虑，岂是一个软弱的老寡妇所能受得起的？可是，在这种时候，母亲的心横起来，她不慌不哭，要从无办法中想出办法来。她的泪会往心中落！这点软而硬的个性，也传给了我。我对一切人与事，都取和平的态度，把吃亏看作当然的。但是，在作人上，我有一定的宗旨与基本的法则，什么事都可将就，而不能超过自己划好的界限。我怕见生人，怕办杂事，怕出头露面；但是到了非我去不可的时候，我便不得不去，正像我的母亲。从私塾到小学，到中学，我经历过起码有廿位教师吧，其中有给我很大影响的，也有毫无影响的，但是我的真正的教师，把性格传给我的，是我的母亲。母亲并不识字，她给我的是生命的教育。

当我在小学毕了业的时候，亲友一致的愿意我去学手艺，好帮助母亲。我晓得我应当去找饭吃，以减轻母亲的勤劳困苦。可是，我也愿意升学。我偷偷的考入了师范学校——制服，饭食，书籍，宿处，都由学校供给。只有这样，我才敢对母亲提升学的话。入学，要交十元的保证金。这是一笔巨款！母亲作了半个月的难，把这巨款筹到，而后含泪把我送出门去。她不辞劳苦，只要儿子有出息。当我由师范毕业，而被派为小学校校长，母亲与我都一夜不曾合眼。我只说了句："以后，您可以歇一歇了！"她的回答只有一串串的眼泪。我入学之后，三姐结了婚。母亲对儿女是都一样疼爱的，但是假若她也有点偏爱的话，她应当偏爱三姐，因为自父亲死后，家中一切的事情都是母亲和三姐共同撑持的。三姐是母亲的右手。但是母亲知道这右手必须割去，她不能为自己的便利而耽误了女儿的青春。当花轿来到我们的破门外的时候，母亲的手就和冰一样的凉，脸上没有血色——那是阴历四月，天气很暖。大家都怕她晕过去。可是，她挣扎着，咬着嘴唇，手扶着门框，看花轿徐徐的走去。不久，姑母死了。三姐已出嫁，哥哥不在家，我又住学校，家中只剩母亲自己。她还须自晓至晚的操作，可是终日没人和她说一句话。新年到了，正赶上政府倡用阳历，不许过旧年。除夕，我请了两小时的假。由拥挤不堪的街市回到清炉冷灶的家中。母亲笑了。及至听说我还须回校，她愣住了。半天，她才叹出一口气来。到我该走的时候，她递给我一些花生，“去吧，小子！”街上是那么热闹，我却什么也没看见，泪遮迷了我的眼。今天，泪又遮住了我的眼，又想起当日孤独的过那凄惨的除夕的慈母。可是慈母不会再候盼着我了，她已入了土！

儿女的生命是不依顺着父母所设下的轨道一直前进的，所以老人总免不了伤心。我廿三岁，母亲要我结了婚，我不要。我请来三姐给我说情，老母含泪点了头。我爱母亲，但是我给了她最大的打击。时代使我成为逆子。廿七岁，我上了英国。为了自己，我给六十多岁的老母以第二次打击。在她七十大寿的那一天，我还远在异域。那天，据姐姐们后来告诉我，老太太只喝了两口酒，很早的便睡下。她想念她的幼子，而不便说出来。

七七抗战后，我由济南逃出来。北平又像庚子那年似的被鬼子占据了，可是母亲日夜惦念的幼子却跑西南来。母亲怎样想念我，我可以想象得到，可是我不能回去。每逢接到家信，我总不敢马上拆看，我怕，怕，怕，怕有那不祥的消息。人，即使活到八九十岁，有母亲便可以多少还有点孩子气。失了慈母便像花插在瓶子里，虽然还有色有香，却失去了根。有母亲的人，心里是安定的。我怕，怕，怕家信中带来不好的消息，告诉我已是失了根的花草。

去年一年，我在家信中找不到关于老母的起居情况。我疑虑，害怕。我想象得到，没有不幸，家中念我流亡孤苦，或不忍相告。母亲的生日是在九月，我在八月半写去祝寿的信，算计着会在寿日之前到达。信中嘱咐千万把寿日的详情写来，使我不再疑虑。十二月二十六日，由文化劳军的大会上回来，我接到家信。我不敢拆读。就寝前，我拆开信，母亲已去世一年了！

生命是母亲给我的。我之能长大成人，是母亲的血汗灌养的。我之能成为一个不十分坏的人，是母亲感化的。我的性格，习惯，是母亲传给的。她一世未曾享过一天福，临死还吃的是粗粮。唉！还说什么呢？心痛！心痛！

（原载1943年4月《半月文萃》第1卷第9、10期合刊）

我热爱新北京

北京是美丽的，我知道，因为我不但是北京人，而且到过欧美，看见过许多西方的名城。假若我只用北京人的资格来赞美北京，那也许就是成见了。

我知道北京美丽，我爱她像爱我的母亲。因为我这么爱她，所以才为她的缺点着急，苦闷。我关切她的缺欠正像关切一个亲人的疾病。是的，北京确实是有缺欠。那些缺欠是过去的皇帝、军阀和国民党政府带给北京的。他们占据着北京，也糟蹋北京。

在过去，举例说吧，当皇帝或蒋介石出来的时候，街道上便打扫干净，洒上清水；可是，他们的大轿或汽车不经过的地方便永远没见过扫帚和水桶。达官贵人住着宫殿式的房子，而且有美丽的花园；穷人们却住着顶脏的杂院儿。达官贵人的门外有柏油路，好让他们跑汽车；穷人的门前却是垃圾堆。

一九四九年尾，我回到故乡北京。我已经十四年没回来过了。虽然别离了这么久，我可是没有一天不想念着她。不管我在哪里，我还是拿北京作我的小说的背景，因为我闭上眼想起的北京是要比睁着眼看见的地方更亲切，更真实，更有感情的。这是真话。

到今天，我已经在北京住了一年。在这一年里，我所看到听到的都证明了，新的政府千真万确是一切仰仗人民、一切为了人民的。只就北京的建设来说，证据已经十分充足了。让我们提出几项来说吧。

一、下水道。北京的下水道年久失修，每逢一下大雨，就应了那句不体面的话："北京，刮风是香炉，下雨是墨盒子。"北京市人民政府自从一成立就要洗刷这个由反动政府留下的污点，一方面修路，一方面挖沟。我知道，在十几年抗日与解放战争之后，百废待举，政府的财力是不怎么从容的。可是，政府为了人民的福利，并不因经济的困难而延迟这重大的任务。各城的暗沟都挖了，雨水污水都有了排泄的路子。北京再不怕下雨；下雨不再使道路成为墨盒子。

最使我感动的是：这个为人民服务的政府并不是为通衢大路修沟，而且特别顾到一向被反动政府忽视的偏僻地方。在以前，反动政府是吸去人民的血，而把污水和垃圾倒在穷人的门外，叫他们"享受"猪狗的生活。现在，政府是看哪里最脏，疾病最多，便先从哪里动手修整。新政府的眼是看着穷苦人民的。

在北京的南城，有一条明沟，叫龙须沟。多么美的名字啊，龙须沟！可是，实际上，那是一条最臭的水沟。沟的两岸密匝匝地住满了劳苦的人民，终年呼吸着使人恶心的臭气。多少年了，这条沟没有人修理过，因为这里是贫民窟。人民屡次自动地捐款修沟，款子都被反动的官吏们吞吃了。去年夏初，人民政府在明沟的旁边给人民修了暗沟，秋天完工，填平了明沟。人民怎样地感戴是可以想象得到的。我亲自去看过这条奇臭的“龙须”和那新的暗沟，并且搜集了那一带人民的生活情形和他们对政府给他们修沟的反应，写成一出三幕话剧，表示我对政府的感激与钦佩。这话剧或者将在北京解放二周年纪念日演出。

二、清洁。北京向来是美丽的，可是在反动政府下并不处处都清洁。是的，那时候人民确是按期交卫生费的，但是因为官吏的贪污与不负责，卫生费并不见得用在公众卫生事业上。现在，北京像一个古老美丽的雕花漆盒，落在一个勤勉人手里，盒子上的每一凹处都收拾得干干净净，再没有一点积垢。真的，北京的每一条小巷都已经清清爽爽，连人家的院子里也没有积累的垃圾，因为倾倒秽土的人员是那么勤谨，那么准时必来，人们谁都愿意逐日把院子里外收拾清楚。美丽是和清洁分不开的。以前，只为北京的美丽我已感到骄傲，现在我又多了一分骄傲，看，这人民的古城也多么清爽可喜呀！我可以想象到，在十年八年以后，北京的全城会成为一座大的公园，处处美丽，处处清洁，处处有古迹，处处也有最新的卫生设备。

三、灯和水。北京，在解放前，夜里常是黑暗的。她有电灯，但灯光是那么微弱，似有若无，而且时时长时间地停电。政治的黑暗使电灯也无光。水也是那样。夏天水源枯竭，便没有水用。就在平日，也是有势力的拼命用水，穷人住的地带根本没有自来水管。他们必得喝井水。这七百年的古城，在反动政府的政治下，灯水的供应似乎还停留在七百年前的光景。

北京解放了，人的心和人的眼一齐见到光明。由于电厂有了新的管理法，由于工人的进步与努力，北京的电灯真像电灯了。工人们保证不缺电，不停电。这古老的都城，在黑夜间，依然露出她的美丽。那金金的绿的琉璃瓦，红的墙，白玉石的桥，都在明亮的灯光下显现出最悦目的颜色。而且，电力还够供给各工厂。同样的，水也够用了。而且，就是住在龙须沟的人们也有自来水吃啦。

我爱北京，我更爱今天的北京——她是多么清洁、明亮、美丽！我怎能不感谢毛主席呢？是他，给北京带来了光明和说不尽的好处哇！我只提到下水道和灯水什么的，可是我的感激是无尽的，因为提到的这些不过是新北京建设工作的一部分哪。

济南的冬天

对于一个在北平住惯的人，像我，冬天要是不刮风，便觉得是奇迹；济南的冬天是没有风声的。对于一个刚由伦敦回来的人，像我，冬天要能看得见日光，便觉得是怪事；济南的冬天是响晴的。自然，在热带的地方，日光是永远那么毒，响亮的天气，反有点叫人害怕。可是，在北中国的冬天，而能有温晴的天气，济南真得算个宝地。

设若单单是有阳光，那也算不了出奇。请闭上眼睛想：一个老城，有山有水，全在天底下晒着阳光，暖和安适地睡着，只等春风来把它们唤醒，这是不是个理想的境界？

小山整把济南围了个圈儿，只有北边缺着点口儿。这一圈小山在冬天特别可爱，好像是把济南放在一个小摇篮里，它们安静不动地低声地说：“你们放心吧，这儿准保暖和。”真的，济南的人们在冬天是面上含笑的。他们一看那些小山，心中便觉得有了着落，有了依靠。他们由天上看到山上，便不知不觉地想起：“明天也许就是春天了吧？这样的温暖，今天夜里山草也许就绿起来了吧?”就是这点幻想不能一时实现，他们也并不着急，因为有这样慈善的冬天，干啥还希望别的呢!

最妙的是下点小雪呀。看吧，山上的矮松越发的青黑，树尖上顶着一髻儿白花，好像日本看护妇。山尖全白了，给蓝天镶上一道银边。山坡上，有的地方雪厚点，有的地方草色还露着；这样，一道儿白，一道儿暗黄，给山们穿上一件带水纹的花衣；看着看着，这件花衣好像被风儿吹动，叫你希望看见一点更美的山的肌肤。等到快日落的时候，微黄的阳光斜射在山腰上，那点薄雪好像忽然害了羞，微微露出点粉色。就是下小雪吧，济南是受不住大雪的，那些小山太秀气!

古老的济南，城里那么狭窄，城外又那么宽敞，山坡上卧着些小村庄，小村庄的房顶上卧着点雪，对，这是张小水墨画，或者是唐代的名手画的吧。

那水呢，不但不结冰，倒反在绿萍上冒着点热气，水藻真绿，把终年贮蓄的绿色全拿出来了。天儿越晴，水藻越绿，就凭这些绿的精神，水也不忍得冻上；况且那些长枝的垂柳还要在水里照个影儿呢!看吧，由澄清的河水慢慢往上看吧，空中，半空中，天上，自上而下全是那么清亮，那么蓝汪汪的，整个的是块空灵的蓝水晶。这块水晶里，包着红屋顶，黄草山，像地毯上的小团花的小灰色树影；这就是冬天的济南。

又是一年芳草绿

悲观有一样好处，它能叫人把事情都看轻了一些。这个可也就是我的坏处，它不起劲，不积极。您看我挺爱笑不是？因为我悲观。悲观，所以我不能板起面孔，大喊："孤——刘备!"我不能这样。一想到这样，我就要把自己笑毛咕了。看着别人吹胡子瞪眼睛，我从脊梁沟上发麻，非笑不可。我笑别人，因为我看不起自己。别人笑我，我觉得应该；说得天好，我不过是脸上平润一点的猴子。我笑别人，往往招人不愿意；不是别人的量小，而是不像我这样稀松，这样悲观。

我打不起精神去积极的干，这是我的大毛病。可是我不懒，凡是我该作的我总想把它作了，总算得点报酬养活自己与家里的人——往好了说，尽我的本分。我的悲观还没到想自杀的程度，不能不找点事作。有朝一日非死不可呢，那只好死喽，我有什么法儿呢？

这样，你瞧，我是无大志的人。我不想当皇上。最乐观的人才敢作皇上，我没这份胆气。

有人说我很幽默，不敢当。我不懂什么是幽默。假如一定问我，我只能说我觉得自己可笑，别人也可笑；我不比别人高，别人也不比我高。谁都有缺欠，谁都有可笑的地方。我跟谁都说得来，可是他得愿意跟我说；他一定说他是圣人，叫我三跪九叩报门而进，我没这个瘾。我不教训别人，也不听别人的教训。幽默，据我这么想，不是嬉皮笑脸，死不要鼻子。

也不是怎股子劲儿，我成了个写家。我的朋友德成粮店的写账先生也是写家，我跟他同等，并且管他叫二哥。既是个写家，当然得写了。“风格即人”——还是“风格即驴”？——我是怎个人自然写怎样的文章了。于是有人管我叫幽默的写家。我不以这为荣，也不以这为辱。我写我的。卖得出去呢，多得个三块五块的，买什么吃不香呢。卖不出去呢，拉倒，我早知道指着写文章吃饭是不易的事。

稿子寄出去，有时候是肉包子打狗，一去不回头；连个回信也没有。这，咱只好幽默；多咱见着那个骗子再说，见着他，大概我们俩总有一个笑着去见阎王的。不过，这是不很多见的，要不怎么我还没想自杀呢。常见的事是这个，稿子登出去，酬金就睡着了，睡得还是挺香甜。直到我也睡着了，它忽然来了，仿佛故意吓人玩。数目也惊人，它能使我觉得自己不过值一毛五一斤，比猪肉还便宜呢。这个咱也不说什么，国难期间，大家都得受点苦，人家开铺子的也不容易，掌柜的吃肉，给咱点汤喝，就得念佛。是的，我是不能当皇上，焚书坑掌柜的，咱没那个狠心，你看这个劲儿！不过，有人想坑他们呢，我也不便拦着。

这么一来，可就有许多人看不起我。连好朋友都说："伙计，你也硬正着点，说你是为人类而写作，说你是中国的高尔基；你太泄气了！"真的，我是泄气，我看高尔基的胡子可笑。他老人家那股子自卖自夸的劲儿，打死我也学不来。人类要等着我写文章才变体面了，那恐怕太晚了吧？我老觉得文学是有用的；拉长了说，它比任何东西都有用，都高明。可是往眼前说，它不如一尊高射炮，或一锅饭有用。我不能吆喝我的作品是"人类改造丸"，我也不相信把文学杀死便天下太平。我写就是了。

别人的批评呢？批评是有益处的。我爱批评，它多少给我点益处；即使完全不对，不是还让我笑一笑吗？自己写的时候仿佛是蒸馒头呢，热气腾腾，莫名其妙。及至冷眼人一看，一定看出许多错儿来。我感谢这种指摘。说的不对呢，那是他的错儿，不干我的事。我永不驳辩，这似乎是胆儿小；可是也许是我的宽宏大量。我不便往自己脸上贴金。一件事总得由两面瞧，是不是？

对于我自己的作品，我不拿她们当作宝贝。是呀，当写作的时候，我是卖了力气，我想往好了写。可是一个人的天才与经验是有限的，谁也不敢保了老写的好，连荷马也有打盹的时候。有的人呢，每一拿笔便想到自己是但丁，是莎士比亚。这没有什么不可以的，天才须有自信的心。我可不敢这样，我的悲观使我看轻自己。我常想客观的估量估量自己的才力；这不易作到，我究竟不能像别人看我看得那样清楚；好吧，既不能十分看清楚了自己，也就不用装蒜，谦虚是必要的，可是装蒜也大可以不必。

对作人，我也是这样。我不希望自己是个完人，也不故意的招人家的骂。该求朋友的呢，就求；该给朋友作的呢，就作。作的好不好，咱们大家凭良心。所以我很和气，见着谁都能扯一套。可是，初次见面的人，我可是不大爱说话；特别是见着女人，我简直张不开口，我怕说错了话。在家里，我倒不十分怕太太，可是对别的女人老觉着恐慌，我不大明白妇女的心理；要是信口开河的说，我不定说出什么来呢，而妇女又爱挑眼。男人也有许多爱挑眼的，所以初次见面，我不大愿开口。我最不喜辩论，因为红着脖子粗着筋的太不幽默。我最不喜欢好吹腾的人，可并不拒绝与这样的人谈话；我不爱这样的人，但喜欢听他的吹。最好是听着他吹，吹着吹着连他自己也忘了吹到什么地方去，那才有趣。

可喜的是有好几位生朋友都这么说："没见着阁下的时候，总以为阁下有八十多岁了。敢情阁下并不老。"是的，虽然将奔四十的人，我倒还不老。因为对事轻淡，我心中不大藏着计划，作事也无须耍手段，所以我能笑，爱笑；天真的笑多少显着年轻一些。我悲观，但是不愿老声老气的悲观，那近乎

"虎事"。我愿意老年轻轻的，死的时候像朵春花将残似的那样哀而不伤。我就怕什么"权威"咧，"大家"咧，"大师"咧，等等老气横秋的字眼们。我爱小孩，花草，小猫，小狗，小鱼；这些都不"虎事"。偶尔看见个穿小马褂的"小大人"，我能难受半天，特别是那种所谓聪明的孩子，让我难过。比如说，一群小孩都在那儿看变戏法儿，我也在那儿，单会有那么一两个七八岁的小老头说："这都是假的！"这叫我立刻走开，心里堵上一大块。世界确是更"文明"了，小孩也懂事懂得早了，可是我还愿意大家傻一点，特别是小孩。假若小猫刚生下来就会捕鼠，我就不再养猫，虽然它也许是个神猫。

我不大爱说自己，这多少近乎"吹"。人是不容易看清楚自己的。不过，刚过完了年，心中还慌着，叫我写"人生于世"，实在写不出，所以就近的拿自己当材料。万一将来我不得已而作了皇上呢，这篇东西也许成为史料，等着瞧吧。

（原载1935年3月6日《益世报》）

有钱最好

既是苦命人，到处都得受罪。穷大奶奶逛青岛，受洋罪；我也正受着这种洋罪。

青岛的青山绿水是给诗人预备的，我不是诗人。青岛的洋楼汽车是给阔人预备的，我有时候袋里剩三个子儿。享受既然无缘，只好放在一边，单表受罪。

第一先得说房。大小不拘，这里的房全是洋式。由房东那方面看，租钱不算多；由住房儿的看，像我这样的人，简直一月月的干给房钱赶网。吃也不算贵，喝也不算贵；房没有贱的。房既然贵，自然住不起一整所儿，所以大多数的楼房是分租的，一层儿两三间房租给一家。住楼上的呢，得上下跑腿；而且费煤，因为高处得风，墙又不厚。住楼下的，自然省了脚，也较比的暖一点，可是乐不抵苦。您别看大家都洋服啷当儿的，讲到公德心，青岛的人并不比别处的文明。楼的建筑根本是二五八，楼板也就是一寸来厚，而楼上的人们，绝不会想到楼下还有人。希望大家铺地毯，未免所求过奢；能垫上点席子的便很难得。要赶上楼上有那么七八个孩子，那就蛤蟆垫桌腿儿，死挨。人家能把楼板跺得老忽闪忽闪的动，时时有塌下来的可能。自然没人能管住小孩不走不跳，可是能够作到的也没人作。比如说椅子腿上包点布，或者不准小孩拉椅子，这很容易办吧？哼，没那回事。你莫名其妙楼上怎会有那么多椅子，更不知道为什么老在那儿拉。你晓得楼上拉椅子多么难听，它钻脑子，叫人想马上自杀。可是谁叫你住楼下呢！你乘早不用去请求，住楼上的理直气壮。“哟，我们的孩子会闹？那可奇怪！拉椅子？我们的小孩可就是喜欢拉椅子玩。在楼上踢毽？可不是，小孩还能不玩？”楼上的人都这么和气而且近情近理。你只有一条路，搬家。

搬吧，都调查好了，同楼的小孩少，大人也规矩，你很喜欢。搬过去一看，院里有八条狗！青岛是带洋派的地方，讲究养狗。可是养狗的人想不起去遛遛它们，狗屎全摆在院中。狗名儿都是洋的，什么济美、什么邦走；敢情洋名的狗拉洋屎，也是臭的。济美们还叫呢，要赶上你要睡会儿觉，或是孩子刚睡着，人家才叫得凶呢。

还得搬哪！这回可好，没有小孩，也没有狗。早晨七点来钟，人家唱上了。青岛的京戏最时兴。早晨唱过了，那敢情不过是喊喊嗓子。大轴子是在晚上，胡琴拉着，生末净旦丑俱全，唱开了没头儿。唱得好听的自然不是没有哇；叫人想自杀的也不少。你怎办？还得搬家。

搬一回家，要安一回灯，挂一回帘子；洋房吗。搬一回家，要到公司报一回灯，报一回水，洋派吗。搬一回家，要损失一些东西，损失一些钱，洋罪吗。

好房子有哇，也得住得起呀。算了吧，房子够了。

带洋字的，还就是洋车好，干净，雨布风帘也齐全；可就是贵。一上车就是一毛钱，稍微远那么一点就得两毛。我的办法是不坐。这有点对不起“车友”们，可是有什么办法呢？自行车也不好骑，净是山路，坡得要命。最好是坐汽车，其次就是走，据我看。汽车呢，连那个喇叭咱也买不起；即使勉强的买个喇叭，不是还得自己走路；干脆，咱走就是了。青岛的空气却是不坏，可惜脚受点委屈！

关于食，没有什么可说的。饭馆子不少，中菜西菜都有。价钱都可以的，所以咱还是消极抵抗，不吃。自己家里做菜倒不贵，鱼虾现成，而且新鲜。别的肉类菜蔬也说不上贵来；吃饱了拉倒，这倒好办。馋了呢？活该！

穿，随便。青年人多数穿洋服，也很有些穿得很讲究的。咱向来不讲究穿，给它个不在乎。这占了已结婚的便宜。设若正在“追求”期间，我想我也得多一份洋罪。不穿洋服，可是我天天刮胡子，这一来是耍洋派，二来表示我并不完全不怕太太。完全不怕太太的人不易发财，真的！

说到了玩，此地没有什么游艺场。此地根本是个避暑的所在，成年价在这儿住，当然是别扭。京戏偶尔来几个名角，戏价总要两三块，咱犯不上去。平日呢，老有蹦蹦戏，听着又不过瘾。电影院有几处，夏天才来好片子；冬天只是对付事儿，我假装的避宿，赶到惊蛰再去，也还不迟。公园真好，道路真好，海岸真好，遇上晴天我便去走，既不用花钱，而且接近了自然。在别方面受的罪，由这个享受补过来，这叫作穷欢喜。

总起来说，青岛不是个坏地方，官员们也真卖力气建设。所谓洋罪，是我的毛病，穷。假若我一旦发了财，我必定很喜欢这里。等着吧，反正咱不能穷一辈子。

（原载1935年3月1日《论语》第60期）

有了小孩以后

艺术家应以艺术为妻，实际上就是当一辈子光棍儿。在下闲暇无事，往往写些小说，虽一回还没自居过文艺家，却也感觉到家庭的累赘。每逢困于油盐酱醋的灾难中，就想到独人一身，自己吃饱便天下太平，岂不妙哉。

家庭之累，大半由儿女造成。先不用提教养的花费，只就淘气哭闹而言，已足使人心慌意乱。小女三岁，专会等我不在屋中，在我的稿子上画圈拉杠，且美其名曰“小济会写字”！把人要气没了脉，她到底还是有理！再不然，我刚想起一句好的，在脑中盘旋，自信足以愧死莎士比亚，假若能写出来的话。当是时也，小济拉拉我的肘，低声说：“上公园看猴？”于是我至今还未成莎士比亚。小儿一岁整，还不会“写字”，也不晓得去看猴，但善亲亲，闭眼，张口展览上下四个小牙。我若没事，请求他闭眼，露牙，小胖子总会东指西指的打岔。赶到我拿起笔来，他那一套全来了，不但亲脸，闭眼，还“指”令我也得表演这几招。有什么办法呢？！

这还算好的。赶到小济午后不睡，按着也不睡，那才难办。到这么四点来钟吧，她的困闹开始，到五点钟我已没有人味。什么也不对，连公园的猴都变成了臭的，而且猴之所以臭，也应当由我负责。小胖子也有这种困而不睡的时候，大概多数是与小济同时发难。两位小醉鬼一齐找毛病，我就是诸葛亮恐怕也得唱空城计，一点办法没有！在这种干等束手被擒的时候，偏偏会来一两封快信——催稿子！我也只好闹脾气了。不大一会儿，把太太也闹急了，一家大小四口，都成了醉鬼，其热闹至为惊人。大人声言离婚，小孩怎说怎不是，于离婚的争辩中瞎打混。一直到七点后，二位小天使已困得动不的，离婚的宣言才无形的撤销。这还算好的。遇上小胖子出牙，那才真教厉害，不但白天没有情理，夜里还得上夜班。一会儿一醒，若被针扎了似的惊啼，他出牙，谁也不用打算睡。他的牙出利落了，大家全成了红眼虎。

不过，这一点也不妨碍家庭中爱的发展，人生的巧妙似乎就在这里。记得Frank Harris仿佛有过这么点记载：他说王尔德为那件不名誉的案子过堂被审，一开头他侃侃而谈，语多幽默。及至原告提出几个男妓作证人，王尔德没了脉，非失败不可了。Harris以为王尔德必会说："我是个戏剧家，为观察人生，什么样的人都当交往。假若我不和这些人接触，我从哪里去找戏剧中的人物呢？"可是，王尔德竟自没这么答辩，官司就算输了！

把王尔德且放在一边；艺术家得多去经验，Harris的意见，假若不是特为王尔德而发的，的确是不错。连家庭之累也是如此。还拿小孩们说吧——这才来到正题——爱他们吧，嫌他们吧，无论怎说，也是极可宝贵的经验。

在没有小孩的时候，一个人的世界还是未曾发现美洲的时候的。小孩是科仑布，把人带到新大陆去。这个新大陆并不很远，就在熟习的街道上和家里。你看，街市上给我预备的，在没有小孩的时候，似乎只有理发馆，饭铺，书店，邮政局等。我想不出婴儿医院，糖食店，玩具铺等等的意义。连药房里的许许多多婴儿用的药和粉，报纸上婴儿自己药片的广告，百货店里的小袜子小鞋，都显着多此一举，劳而无功。及至小天使自天飞降，我的眼睛似乎戴上了一双放大镜，街市依然那样，跟我有关系的东西可是不知增加了多少倍！婴儿医院不但挂着牌子，敢情里边还有医生呢。不但有医生，还是挺神气，一点也得罪不得。拿着医生所给的神符，到药房去，敢情那些小瓶子小罐都有作用。不但要买瓶子里的白汁黄面和各色的药饼，还得买瓶子罐子，轧粉的钵，量奶的漏斗，乳头，卫生尿布，玩艺多多了！百货店里那些小衣帽，小家具，也都有了意义；原先以为多此一举的东西，如今都成了非它不行；有时候铺中缺乏了我所要的那一件小物品，我还大有看不起他们的意思：既是百货店，怎能不预备这件东西呢?！慢慢的，全街上的铺子，除了金店与古玩铺，都有了我的足迹；连当铺也走得怪熟。铺中人也渐渐熟识了，甚至可以随便闲谈，以小孩为中心，谈得颇有味儿。伙计们，掌柜们，原来不仅是站柜作买卖，家中还有小孩呢！有的铺子，竟自敢允许我欠账，仿佛一有了小孩，我的人格也好了些，能被人信任。三节的账条来得很踊跃，使我明白了过节过年的时候怎样出汗。

小孩使世界扩大，使隐藏着的东西都显露出来。非有小孩不能明白这个。看着别人家的孩子，肥肥胖胖，整整齐齐，你总觉得小孩们理应如此，一生下来就戴着小帽，穿着小袄，好像小雏鸡生下来就披着一身黄绒似的。赶到自己有了小孩，才能晓得事情并不这么简单。一个小娃娃身上穿戴着全世界的工商业所能供给的，给全家人以一切啼笑爱怨的经验，小孩的确是位小活神仙！

有了小活神仙，家里才会热闹。窗台上，我一向认为是摆花的地方。夏天呢，开着窗，风儿轻轻吹动花与叶，屋中一阵阵的清香。冬天呢，阳光射到花上，使全屋中有些颜色与生气。后来，有了小孩，那些花盆很神秘的都不见了，窗台上满是瓶子罐子，数不清有多少。尿布有时候上了写字台，奶瓶倒在书架上。大扫除才有了意义，是的，到时候非痛痛快快的收拾一顿不可了，要不然东西就有把人埋起来的危险。上次大扫除的时候，我由床底下找到了但丁的《神曲》。不知道这老家伙干吗在那里藏着玩呢！

人的数目也增多了，而且有很多问题。在没有小孩的时候，用一个仆人就够了，现在至少得用俩。以前，仆人“拿糖”，满可以暂时不用；没人作饭，就外边去吃，谁也不用拿捏谁。有了小孩，这点豪气乘早收起去。三天没人洗尿布，屋里就不要再进来人。牛奶等项是非有人管理不可，有儿方知卫生难，奶瓶子一天就得烫五六次；没仆人简直不行！有仆人就得捣乱，没办法！

好多没办法的事都得马上有办法，小孩子不会等着“国联”慢慢解决儿童问题。这就长了经验。半夜里去买药，药铺的门上原来有个小口，可以交钱拿药，早先我就不晓得这一招。西药房里敢情也打价钱，不等他开口，我就提出：“还是四毛五？”这个“还是”使我省五分钱，而且落个行家。这又是一招。找老妈子有作坊，当票儿到期还可以入利延期，也都被我学会。没工夫细想，大概自从有了儿女以后，我所得的经验至少比一张大学文凭所能给我的多着许多。大学文凭是由课本里掏出来的，现在我却念着一本活书，没有头儿。

连我自己的身体现在都会变形，经小孩们的指挥，我得去装马装牛，还须装得像个样儿。不但装牛像牛，我也学会牛的忍性，小胖子觉得“开步走”有意思，我就得百走不厌；只作一回，绝对不行。多咱他改了主意，多咱我才能“立正”。在这里，我体验出母性的伟大，觉得打老婆的人们满该下狱。

中秋节前来了个老道，不要米，不要钱，只问有小孩没有？看见了小胖子，老道高了兴，说十四那天早晨须给小胖子左腕上系一根红线，备清水一碗，烧高香三炷，必能消灾除难。右邻家的老太太也出来看，老道问她有小孩没有，她惨淡的摇了摇头。到了十四那天，倒是这位老太太的提醒，小胖子的左腕上才拴了一圈红线。小孩子征服了老道与邻家老太太。一看胖手腕的红线，我觉得比写完一本伟大的作品还骄傲，于是上街买了两尊兔子王，感到老道，红线，兔子王，都有绝大的意义！

（原载1936年11月25日《谈风》第3期）

“住”的梦

在北平与青岛住家的时候，我永远没想到过：将来我要住在什么地方去。在乐园里的人或者不会梦想另辟乐园吧。

在抗战中，在重庆与它的郊区住了六年。这六年的酷暑重雾，和房屋的不像房屋，使我会作梦了。我梦想着抗战胜利后我应去住的地方。

不管我的梦想能否成为事实，说出来总是好玩的：

春天，我将要住在杭州。二十年前，我到过杭州，只住了两天。那是旧历的二月初，在西湖上我看见了嫩柳与菜花，碧浪与翠竹。山上的光景如何？没有看到。三四月的莺花山水如何，也无从晓得。但是，由我看到的那点春光，已经可以断定杭州的春天必定会教人整天生活在诗与图画中的。所以，春天我的家应当是在杭州。

夏天，我想青城山应当算作最理想的地方。在那里，我虽然只住过十天，可是它的幽静已拴住了我的心灵。在我所看见过的山水中，只有这里没有使我失望。它并没有什么奇峰或巨瀑，也没有多少古寺与胜迹，可是，它的那一片绿色已足使我感到这是仙人所应住的地方了。到处都是绿，而且都是像嫩柳那么淡，竹叶那么亮，蕉叶那么润，目之所及，那片淡而光润的绿色都在轻轻的颤动，仿佛要流入空中与心中去似的。这个绿色会像音乐似的，涤清了心中的万虑，山中有水，有茶，还有酒。早晚，即使在暑天，也须穿起毛衣。我想，在这里住一夏天，必能写出一部十万到二十万的小说。

假若青城去不成，求其次者才提到青岛。我在青岛住过三年，很喜爱它。不过，春夏之交，它有雾，虽然不很热，可是相当的湿闷。再说，一到夏天，游人来的很多，失去了海滨上的清静。美而不静便至少失去一半的美。最使我看不惯的是那些喝醉的外国水兵与差不多是裸体的，而没有曲线美的妓女。秋天，游人都走开，这地方反倒更可爱些。

不过，秋天一定要住北平。天堂是什么样子，我不晓得，但是从我的生活经验去判断，北平之秋便是天堂。论天气，不冷不热。论吃食，苹果，梨，柿，枣，葡萄，都每样有若干种。至于北平特产的小白梨与大白海棠，恐怕就是乐园中的禁果吧，连亚当与夏娃见了，也必滴下口水来！果子而外，羊肉正肥，高粱红的螃蟹刚好下市，而良乡的栗子也香闻十里。论花草，菊花种类之多，花式之奇，可以甲天下。西山有红叶可见，北海可以划船——虽然荷花已残，荷叶可还有一片清香。衣食住行，在北平的秋天，是没有一项不使人满意的。即使没有余钱买菊吃蟹，一两毛钱还可以爆二两羊肉，弄一小壶佛手露啊！

冬天，我还没有打好主意，香港很暖和，适于我这贫血怕冷的人去住，但是“洋味”太重，我不高兴去。广州，我没有到过，无从判断。成都或者相当的合适，虽然并不怎样和暖，可是为了水仙，素心腊梅，各色的茶花，与红梅绿梅，仿佛就受一点寒冷，也颇值得去了。昆明的花也多，而且天气比成都好，可是旧书铺与精美而便宜的小吃食远不及成都的那么多，专看花而没有书读似乎也差点事。好吧，就暂时这么规定：冬天不住成都便住昆明吧。

在抗战中，我没能发了国难财。我想，抗战结束以后，我必能阔起来，唯一的原因是我是在这里说梦。既然阔起来，我就能在杭州，青城山，北山，成都，都盖起一所中式的小三合房，自己住三间，其余的留给友人们住。房后都有起码是二亩大的一个花园，种满了花草；住客有随便折花的，便毫不客气的赶出去。青岛与昆明也各建小房一所，作为候补住宅。各处的小宅，不管是什么材料盖成的，一律叫作“不会草堂”——在抗战中，开会开够了，所以永远“不会”。

那时候，飞机一定很方便，我想四季搬家也许不至于受多大苦处的。假若那时候飞机减价，一二百元就能买一架的话，我就自备一架，择黄道吉日慢慢的飞行。

（原载1944年5月《民主世界》第2期）

可喜的寂寞

既可喜，却又寂寞，有点自相矛盾。别着急，略加解释，便会统一起来。

近来呀，每到星期日，我就又高兴，又有点寂寞。高兴的是：儿女们都从学校、机关回家来看看，还带着他们的男女朋友，真是热闹。听吧，各屋里的笑声，辩论声，都连续不断，声震屋瓦，连我们的大猫都找不到安睡懒觉的地方，只好跑到房上去呆坐。虽然这么热闹，我却很寂寞。他们所讨论的，我插不上嘴；默坐旁听，又听不懂！

我的文艺知识不很丰富，可是几十年来总以写作为业，按说对儿女们应该有些影响。事实并不如此。他们都不学文艺，虽然他们也爱看小说、话剧、电影什么的。他们，连他们带来的男女朋友，都学科学。我家最小的那个梳两条小辫的娃娃，刚考入大学，又是学物理！这群小科学家们凑到一处，连说笑似乎都带点什么科学味道，我听不懂。

他们也并不光说笑、争辩。有时候，他们安静下来：哥哥帮助妹妹算数学上的难题，或几个人都默默地思索着一个什么科学上的道理。在这种时候，我看得出来，他们的深思苦虑和诗人的呕尽心血并没有什么不同。我可也看到，当诗人实在找不到最好的字的时候，他也只好暂且将就用个次好的字，而小科学家们可不能这么办，他们必须找到那个最正确的答案，差一点点也不行。当他们得到了答案的时候，他们便高兴得又跳又唱，觉得已拿到打开宇宙秘密的一把小钥匙。

我看到了一种新的精神。是，从他们决定投考哪个学校，要选修哪门科学的时候起，我就不断地听到“尖端”、“发明”和“革新”等等悦耳的字眼儿。因此，我没有参加意见，更不肯阻拦他们。他们是那么热烈地讨论着，那么努力预备考试，我还有什么可说的呢！我看出来，是那个新精神支配着他们，鼓舞着他们，我无权阻拦他们。

他们的选择不是为名为利，而是要下决心去埋头苦干。是，从他们怎么预备功课和怎么制订工作计划，我就看出：他们所选择的道路并不是容易走的。他们有勇气与决心去翻山越岭，攀登高峰。他们的选择不仅出于个人的嗜爱，而也是政治热情的表现——现在是原子时代，而我们的科学技术还有些落后，必须急起直追。想建设一个有现代工业、农业与文化的国家，非有现代科学技术不可！我不能因为自己喜爱文艺而阻拦儿女们去学科学。建设伟大的祖国，自力更生，必须闯过科学技术关口。儿女们，在党的教育培养下，不但看明此理，而且决心去作闯关的人。这是多么可喜的事啊！是呀，且不说别的，只说改良一个麦种，或制造一种尼龙袜子，就需要多少科学研究与试验啊！科学不发达，现代化就无从说起。

我们的老农有很多宝贵的农业知识与经验，但专凭这些知识与经验而无现代的科学技术，便难以应付农业现代化的要求。我们的手工业有悠久的传统和许多世代相传的窍门，但也须进一步提高到科学理论上去，才能发展、提高。重工业和新兴的工业更用不着说，没有现代的科学技术，寸步难行。小科学家们，你们的责任有多么重大呀！

于是，我的星期日的寂寞便是可喜的了。我不能摹仿大猫，听不懂就跑上房去。我默默地听着小将们的谈论，而且想到：我若是也懂点科学，够多么好！写些科学小品，或以发明创造为内容的小说，够多么新颖，多么富有教育性啊。若是能把青年一代这种热爱科学的新精神写出来，不就更好吗？是呀，我们大概还缺乏这样的作品。我希望这样的作品不久就会出现。这应当是文艺创作的一个新的重要题材。

（原载1963年1月1日《北京晚报》）

鲁迅先生逝世两周年纪念

我所认识的鲁迅先生，是从他的著作中见到的，我没有与他会过面。当鲁迅先生创造出阿Q的时候，我还没想到到文艺界来作一名小卒，所以就没有访问求教的机会与动机。及至先生住沪，我又不喜到上海去，故又难得相见。四年前的初秋，我到上海，朋友们约我吃饭，也约先生来谈谈。可是，先生的信须由一家书店转递；他第二天派人送来信，说：昨天的信送到的太晚了。我匆匆北返，二年的工夫没能再到上海，与先生见面的机会遂永远失掉！

在一本什么文学史中（书名与著者都想不起来了），有大意是这样的一句话：“鲁迅自成一家，后起摹拟者有老舍等人。”这话说得对，也不对。不对，因为我是读了些英国的文艺之后，才决定也来试试自己的笔，狄更斯是我在那时候最爱读的，下至于乌德豪司[①]与哲扣布[②]也都使我欣喜。这就难怪我一拿笔，便向幽默这边滑下来了。对，因为像阿Q那样的作品，后起的作家们简直没法不受他的影响；即使在文学与思想上不便去摹仿，可是至少也要得到一些启示与灵感。它的影响是普遍的。一个后起的作家，尽管说他有他自己的创作的路子，可是他良心上必定承认他欠鲁迅先生一笔债。鲁迅先生的短文与小说才真使新文艺站住了脚，能与旧文艺对抗。这样，有人说我是“鲁迅派”，我当然不愿承认，可是决不肯昧着良心否认阿Q的作者的伟大，与其作品的影响的普遍。

我没见过鲁迅先生，只能就着他的著作去认识他，可是现在手中连一本书也没有！不能引证什么了，凭他所给我的印象来作这篇纪念文字吧。这当然不会精密，容或还有很大的错误，可是一个人的著作能给读者以极强极深的印象，即使其中有不尽妥确之处，是多么不容易呢！看了泰山的人，不一定就认识泰山，但是泰山的高伟是他毕生所不能忘记的，他所看错的几点，并无害于泰山的伟大。

看看鲁迅全集的目录，大概就没人敢说：这不是个渊博的人。可是渊博二字还不是对鲁迅先生的恰好的赞词。学问渊博并不见得必是幸福。有的人，正因其渊博，博览群籍，出经入

① 现通译为沃德豪斯（Pelham G. Wodehouse，1881—1975），英国小说家、抒情诗人和剧作家，以写闹剧著名。

② 现通译为雅各布斯（William W. Jacobs，1863—1943），英国短篇小说家。

史，所以他反倒不敢道出自己的意见与主张，而取着述而不作的态度。这种人好像博物院的看守者，只能保守，而无所施展。有的人，因为对某种学问或艺术的精究博览，就慢慢的摆出学者的架子，把自己所知的那些视为研究的至上品，此外别无他物，值得探讨，自己的心得是前无古人，后无来者；假若他也喜创作的话，他必是从他所阅览过的作品中，求字字句句有出处，有根据；他“作”而不“创”。他牺牲在研究中，而且牺牲得冤枉。让我们看看鲁迅先生吧。在文艺上，他博通古今中外，可是这些学问并没把他吓住。他写古文古诗写得极好，可并不尊唐或崇汉，把自己放在某派某宗里去，以自尊自限。古体的东西他能作，新的文艺无论在理论上与实验上，他又都站在最前面；他不以对旧物的探索而阻碍对新物的创造。他对什么都有研究的趣味，而永远不被任何东西迷住心。他随时研究，随时判断。他的判断力使他无论对旧学问或新知识都敢说话。他的话，不是学究的掉书袋，而是准确的指示给人们以继续研讨的道路。

学问比他更渊博的，以前有过，以后还有；像他这样把一时代治学的方法都抓住，左右逢源的随时随事都立在领导的地位，恐怕一个世纪也难见到一两位吧。吸收了五四运动的“从新估价”的精神，他疑古反古，把每时代的东西还给每时代。博览了东西洋的文艺，他从事翻译与创作。他疑古，他也首创，他能写极好的古体诗文，也热烈的拥护新文艺，并且牵引着它前进。他是这一时代的纪念碑。在文艺上，事事他关心，事事他有很高的成就。天才比他小一点的，努力比他少一点的，只能循着一条路线前进，或精于古，或专于新；他却像十字路口的警察，指挥着全部交通。在某一点上，有人能突破他的纪录，可是有谁敢和他比比“全能”比赛呢！

也许有人会说：在文艺理论方面，鲁迅先生只尽了介绍的责任，并未曾建设出他自己的有系统的学说；而且所介绍的也显着杂乱不纯。假若这话是对的，就请想想看吧；批判别人的时候，不是往往忘却别人的努力，而老嫌人家作得不够吗？设若能看到这一点，我们不是应当看看自己，我们自己假如也把研究、创作、翻译，同时并作，像鲁迅先生那样，我们的成绩又能有多少呢？我们就是对于一位圣人，也应不客气的批评，可是我们也应当晓得批评不仅是发威，而是于批评中，取得被批评者的最良最崇高的精神，以自策自励。鲁迅先生能于整理国故而外，去介绍，去翻译，就已经是难能可贵的事。一个人的精力与天才永远不能完全与他的志愿与计划相配合，人生最大的苦痛啊！只有明知这苦痛是越来越深，而杀上前去，以身殉志的，才是英雄。鲁迅先生的精神便是永远不屈不挠，不自满，不自馁。鲁迅先生的精神能以不死，那就靠后起者也能死而后已的继续努力。抓住一位英雄的弱点以开心自慰，既无损于英雄，又无益于自己，何苦来呢！

还有人也许说，鲁迅先生的后期著作，只是一些小品文，未免可惜，假若他能闭户写作，不问外面的事，也许能写出比阿Q更伟大的东西，岂不更好?

是的，鲁迅先生也许能那样的写出更伟大的作品。可是，那就不成其为鲁迅先生了。希望鲁迅先生去专心著作的人，虽然用着惋惜的语调，可是心中实在暗暗的不满意！不满意他因爱护青年，帮忙青年，而用去许多时间；不满意他因好管闲事而浪费了许多笔墨。

我不晓得假若鲁迅先生关上屋门，立志写伟大的作品，能够有什么贡献；我不喜猜想。我却准知道鲁迅先生的爱护青年与好管闲事是值得钦佩的事，他有颗纯洁的心，能接近青年；他有奋斗的怒火，去管闲事。是的，先生的爱护青年，有时候近于溺爱了；可是佛连一个蚂蚁也爱呢！母亲的伟大往往使她溺爱儿女；这只有母亲自己晓得其中的意义，旁观者只能表示惋惜与不满，因为旁观者不是母亲，也就代替不了母亲，明白不了母亲，自己不是母亲，没有慈心，觉得青年们都应该严加管束，把青年们管束得像羊羔一样老实，长者才可逍遥自在的为所欲为。为长者计，这实在是不错的办法。可是，青年呢?长者的聪明往往把“将来”带到自己的棺材里去，青年成了殉葬者。鲁迅先生不是这样的长者，他宁可少写些文章，而替青年们看稿子；他宁可少享受一些，而替青年们掏钱印书，他提拔青年，因为他不肯只为自己的不朽，而把青年们活埋了。这也许是很傻的事吧?可是最智慧的人似乎都有点傻气。

至于爱管闲事，的确使鲁迅先生得罪了不少的人。他的不留情的讽刺讥骂，实在使长者们难堪，因此也就要不得。中国人不会愤怒，也不喜别人挂火，而鲁迅先生却是最会挂火的人。假若他活到今日，我想他必不会老老实实的住在上海，而必定用他的笔时时刺着那些不会怒，不肯牺牲的人们的心。在长者们，也许暗中说句："幸而那个家伙死了。"可是，我们上哪里去找另一个鲁迅呢？我们自惭；自惭假若没有多少用处，让我们在纪念鲁迅先生的时候，挺起我们的胸来吧！

只写了些小品文吗？据我看，鲁迅先生的最大成就便是小品文。我敢说，他的学问限制不了后起者的更进一步，他的小说也拦不住后起者的猛进直前。小品文，在五十年内恐怕没有第二把手，来与他争光。他会怒，越怒，文字越好。文字容易摹仿，怒火可是不易借来。他的旧学问好，新知识广博，他能由旧而新，随手拾掇极精确的字与词，得到惊人的效果。你只能摘用他所用过的，而不易像他那样把新旧的工具都搬来应用，用创造的能力把古今的距离缩短，而成为他独有的东西。他长于古文古诗，又博览东西的文艺，所以他会把最简单的言语（中国话），调动得（极难调动）跌宕多姿，永远新鲜，永远清晰，永远软中透硬，永远厉害而不粗鄙。他以最大的力量，把感情、思想、文字，容纳在一两千字里，像块玲珑的瘦石，而有手榴弹的作用。只写了些短文么？啊，这是前无古人，恐怕也是后无来者的，文艺建设！

燃起我们的怒火吧，青年！以学识，以正义感，以最有力的文字，尽力于抗战建国的事业吧！在抗战中纪念鲁迅先生，我们必须有这个决心！

（原载1938年10月16日《抗战文艺》第2卷第7期）

戏剧

茶　馆

人　物

王利发——男。最初与我们见面，他才二十多岁。因父亲早死，他很年轻就做了裕泰茶馆的掌柜。精明、有些自私，而心眼不坏。

唐铁嘴——男。三十来岁。相面为生，吸鸦片。

松二爷——男。三十来岁。胆小而爱说话。

常二爷——男。三十来岁。松二爷的好友，都是裕泰的主顾。正直，体格好。

李　三——男。三十多岁。裕泰的跑堂的。勤恳，心眼好。

二德子——男。二十多岁。善扑营当差。

马五爷——男。三十多岁。吃洋教的小恶霸。

刘麻子——男。三十来岁。说媒拉纤，心狠意毒。

康　六——男。四十岁。京郊贫农。

黄胖子——男。四十多岁。流氓头子。

秦仲义——男。王掌柜的房东。在第一幕里二十多岁。阔少，后来成了维新的资本家。

老 人——男。八十二岁。无依无靠。

乡 妇——女。三十多岁。穷得出卖小女儿。

小 妞——女。十岁。乡妇的女儿。

庞太监——男。四十岁。发财之后，想娶老婆。

小牛儿——男。十多岁。庞太监的书童。

宋恩子——男。二十多岁。老式特务。

吴祥子——男。二十多岁。宋恩子的同事。

康顺子——女。在第一幕中十五岁。康六的女儿。被卖给庞太监为妻。

王淑芬——女。四十来岁。王利发掌柜的妻。比丈夫更公平正直些。

巡 警——男。二十多岁。

报 童——男。十六岁。

康大力——男。十二岁。庞太监买来的义子，后与康顺子相依为命。

老 林——男。三十多岁。逃兵。

老 陈——男。三十岁。逃兵。老林的把弟。

崔久峰——男。四十多岁。作过国会议员，后来修道，住在裕泰附设的公寓里。

军　官——男。三十岁。

王大拴——男。四十岁左右，王掌柜的长子。为人正直。

周秀花——女。四十岁。大拴的妻。

王小花——女。十三岁。大拴的女儿。

丁　宝——女。十七岁。女招待。有胆有识。

小刘麻子——男。三十多岁。刘麻子之子，继承父业而发展之。

取电灯费的——男。四十多岁。

小唐铁嘴——男。三十多岁。唐铁嘴之子，继承父业，有作天师的愿望。

明师傅——男。五十多岁。包办酒席的厨师傅。

邹福远——男。四十多岁。说评书的名手。

卫福喜——男。三十多岁。邹的师弟，先说评书，后改唱京戏。

方　六——男。四十多岁。打小鼓的，奸诈。

车当当——男。三十岁左右。买卖现洋为生。

庞四奶奶——女。四十岁。丑恶，要作皇后。庞太监的四侄媳妇。

春　梅——女。十九岁。庞四奶奶的丫环。

老　杨——男。三十多岁。卖杂货的。

小二德子——男。三十岁。二德子之子，打手。

于厚斋——男。四十多岁。小学教员，王小花的老师。

谢勇仁——男。三十多岁。与于厚斋同事。

小宋恩子——男。三十来岁。宋恩子之子，承袭父业，作特务。

小吴祥子——男。三十来岁。吴祥子之子，世袭特务。

小心眼——女。十九岁。女招待。

沈处长——男。四十岁。宪兵司令部某处处长。

茶客若干人，都是男的。

茶房一两个，都是男的。

难民数人，有男有女，有老有少。

大兵三、五人，都是男的。

公寓住客数人，都是男的。

押大令的兵七人，都是男的。

宪兵四人。男。

傻　杨——男。数来宝的。

第一幕

人物　王利发、刘麻子、庞太监、唐铁嘴、康六、小牛儿、松二爷、黄胖子、宋恩子、常四爷、秦仲义、吴祥子、李三、老人、康顺子、二德子、乡妇、茶客甲、乙、丙、丁、马五爷、小妞、茶房一、二人。

时间　一八九八年（戊戌）初秋，康梁等的维新运动失败了。早半天。

地点　北京，裕泰大茶馆。

〔**幕启：**这种大茶馆现在已经不见了。在几十年前，每城都起码有一处。这里卖茶，也卖简单的点心与饭菜。玩鸟的人们，每天在蹓够了画眉、黄鸟等之后，要到这里歇歇腿，喝喝茶，并使鸟儿表演歌唱。商议事情的，说媒拉纤的，也到这里来。那年月，时常有打群架的，但是总会有朋友出头给双方调解；三五十口子打手，经调人东说西说，便都喝碗茶，吃碗烂肉面（大茶馆特殊的食品，价钱便宜，作起来快当），就可以化干戈为玉帛了。总之，这是当日非常重要的地方，有事无事都可以来坐半天。

〔在这里，可以听到最荒唐的新闻，如某处的大蜘蛛怎么成了精，受到雷击。奇怪的意见也在这里可以听到，像把海边上都修上大墙，就足以挡住洋兵上岸。这里还可以听到某京戏演员新近创造了什么腔儿，和煎熬鸦片烟的最好的方法。这里也可以看到某人新得到的奇珍——一个出土的玉扇坠儿，或三彩的鼻烟壶。这真是个重要的地方，简直可以算作文化交流的所在。

〔我们现在就要看见这样的一座茶馆。

〔一进门是柜台与炉灶——为省点事，我们的舞台上可以不要炉灶；后面有些锅勺的响声也就够了。屋子非常高大，摆着长桌与方桌，长凳与小凳，都是茶座儿。隔窗可见后院，高搭着凉棚，棚下也有茶座儿。屋里和凉棚下都有挂鸟笼的地方。各处都贴着“莫谈国事”的纸条。

〔有两位茶客，不知姓名，正眯着眼，摇着头，拍板低唱。有两三位茶客，也不知姓名，正入神地欣赏瓦罐里的蟋蟀。两位穿灰色大衫的——宋恩子与吴祥子，正低声地谈话，看样子他们是北衙门的办案的（侦缉）。

〔今天又有一起打群架的，据说是为了争一只家鸽，惹起非用武力解决不可的纠纷。假若真打起来，非出人命不可，因为被约的打手中包括着善扑营的哥儿们和库兵，身手都十分厉害。好在，不能真打起来，因为在双方还没把打手约齐，已有人出面调停了——现在双方在这里会面。三三两两的打手，都横眉立目，短打扮，随时进来，往后院去。

〔马五爷在不惹人注意的角落，独自坐着喝茶。

〔王利发高高地坐在柜台里。

〔唐铁嘴趿拉着鞋，身穿一件极长极脏的大布衫，耳上夹着几张小纸片，进来。

王利发　唐先生，你外边蹓蹓吧！

唐铁嘴　（惨笑）王掌柜，捧捧唐铁嘴吧！送给我碗茶喝，我就先给您相相面吧！手相奉送，不取分文！（不容分说，拉过王利发的手来）今年是光绪二十四年，戊戌。您贵庚是……

王利发　（夺回手去）算了吧，我送你一碗茶喝，你就甭卖那套生意口啦！用不着相面，咱们既在江湖内，都是苦命人！（由柜台内走出，让唐铁嘴坐下）坐下！我告诉你，你要是不戒了大烟，就永远交不了好运！这是我的相法，比你的更灵验！

〔松二爷和常四爷都提着鸟笼进来，王利发向他们打招呼。他们先把鸟笼子挂好，找地方坐下。松二爷文绉绉的，提着小黄鸟笼；常四爷雄赳赳的，提着大而高的画眉笼。茶房李三赶紧过来，沏上盖碗茶。他们自带茶叶。茶沏好，松二爷、常四爷向临近的茶座让了让。

松二爷
常四爷　您喝这个！（然后，往后院看了看）

松二爷　好像又有事儿？

常四爷　反正打不起来！要真打的话，早到城外头去啦；到茶馆来干吗？

〔二德子，一位打手，恰好进来，听见了常四爷的话。

二德子　（凑过去）你这是对谁甩闲话呢？

常四爷　（不肯示弱）你问我哪？花钱喝茶，难道还教谁管着吗？

松二爷　（打量了二德子一番）我说这位爷，您是营里当差的吧？来，坐下喝一碗，我们也都是外场人。

二德子　你管我当差不当差呢！

常四爷　要抖威风，跟洋人干去，洋人厉害！英法联军烧了圆明园，尊家吃着官饷，可没见您去冲锋打仗！

二德子　甭说打洋人不打，我先管教管教你！（要动手）

〔别的茶客依旧进行他们自己的事。王利发急忙跑过来。

王利发　哥儿们，都是街面上的朋友，有话好说。德爷，您后边坐！

〔二德子不听王利发的话，一下子把一个盖碗搂下桌去，摔碎。翻手要抓常四爷的脖领。

常四爷　（闪过）你要怎么着？

二德子　怎么着？我碰不了洋人，还碰不了你吗？

马五爷　（并未立起）二德子，你威风啊！

二德子　（四下扫视，看到马五爷）喝，马五爷，您在这儿哪？我可眼拙，没看见您！（过去请安）

马五爷　有什么事好好地说，干吗动不动地就讲打？

二德子　嗻！您说得对！我到后头坐坐去。李三，这儿的茶钱

我候啦！（往后面走去）

常四爷　（凑过来，要对马五爷发牢骚）这位爷，您圣明，您给评评理！

马五爷　（立起来）我还有事，再见！（走出去）

常四爷　（对王利发）邪！这倒是个怪人！

王利发　您不知道这是马五爷呀！怪不得您也得罪了他！

常四爷　我也得罪了他？我今天出门没挑好日子！

王利发　（低声地）刚才您说洋人怎样，他就是吃洋饭的。信洋教，说洋话，有事情可以一直地找宛平县的县太爷去，要不怎么连官面上都不惹他呢！

常四爷　（往原处走）哼，我就不佩服吃洋饭的！

王利发　（向宋恩子、吴祥子那边稍一歪头，低声地）说话请留点神！（大声地）李三，再给这儿沏一碗来！（拾起地上的碎瓷片）

松二爷　盖碗多少钱？我赔！外场人不作老娘们事！

王利发　不忙，待会儿再算吧！（走开）

〔纤手刘麻子领着康六进来。刘麻子先向松二爷、常四爷打招呼。

刘麻子　您二位真早班儿！（掏出鼻烟壶，倒烟）您试试这个！刚装来的，地道的英国造，又细又纯！

常四爷　唉！连鼻烟也得从外洋来！这得往外流多少银子啊！

刘麻子　咱们大清国有的是金山银山，永远花不完！您坐着，

我办点小事！（领康六找了个座儿）

〔李三拿过一碗茶来。

刘麻子　说说吧，十两银子行不行？你说干脆的！我忙，没工夫专伺候你！

康　六　刘爷！十五岁的大姑娘，就值十两银子吗？

刘麻子　卖到窑子去，也许多拿一两八钱的，可是你又不肯！

康　六　那是我的亲女儿！我能够……

刘麻子　有女儿，你可养活不起，这怪谁呢？

康　六　那不是因为乡下种地的都没法子混了吗？一家大小要是一天能吃上一顿粥，我要还想卖女儿，我就不是人！

刘麻子　那是你们乡下的事，我管不着。我受你之托，教你不吃亏，又教你女儿有个吃饱饭的地方，这还不好吗？

康　六　到底给谁呢？

刘麻子　我一说，你必定从心眼里乐意！一位在宫里当差的！

康　六　宫里当差的谁要个乡下丫头呢？

刘麻子　那不是你女儿的命好吗？

康　六　谁呢？

刘麻子　庞总管！你也听说过庞总管吧？伺候着太后，红的不得了，连家里打醋的瓶子都是玛瑙的！

康　六　刘大爷，把女儿给太监作老婆，我怎么对得起人呢？

刘麻子　卖女儿，无论怎么卖，也对不起女儿！你糊涂！你看，姑娘一过门，吃的是珍馐美味，穿的是绫罗绸缎，这不是造化吗？怎样，摇头不算点头算，来个干脆的！

康 六 自古以来，哪有……他就给十两银子？

刘麻子 找遍了你们全村儿，找得出十两银子找不出？在乡下，五斤白面就换个孩子，你不是不知道！

康 六 我，唉！我得跟姑娘商量一下！

刘麻子 告诉你，过了这个村可没有这个店，耽误了事别怨我！快去快来！

康 六 唉！我一会儿就回来！

刘麻子 我在这儿等着你！

康 六 （慢慢地走出去）

刘麻子 （凑到松二爷、常四爷这边来）乡下人真难办事，永远没有个痛痛快快！

松二爷 这号生意又不小吧？

刘麻子 也甜不到哪儿去，弄好了，赚个元宝！

常四爷 乡下是怎么了？会弄得这么卖儿卖女的！

刘麻子 谁知道！要不怎么说，就是一条狗也得托生在北京城里嘛！

常四爷 刘爷，您可真有个狠劲儿，给拉拢这路事！

刘麻子 我要不分心，他们还许找不到买主呢！（忙岔话）松二爷（掏出个小时表来），您看这个！

松二爷 （接表）好体面的小表！

刘麻子　您听听，嘎登嘎登地响！

松二爷　（听）这得多少钱？

刘麻子　您爱吗？就让给您！一句话，五两银子！您玩够了，不爱再要了，我还照数退钱！东西真地道，传家的玩艺！

常四爷　我这儿正咂摸这个味儿：咱们一个人身上有多少洋玩艺儿啊！老刘，就看你身上吧：洋鼻烟，洋表，洋缎大衫，洋布裤褂……

刘麻子　洋东西可真是漂亮呢！我要是穿一身土布，像个乡下脑壳，谁还理我呀！

常四爷　我老觉乎着咱们的大缎子，川绸，更体面！

刘麻子　松二爷，留下这个表吧，这年月，带着这么好的洋表，会教人另眼看待！是不是这么说，您哪？

松二爷　（真爱表，但又嫌贵）我……

刘麻子　您先戴几天，改日再给钱！

〔黄胖子进来。

黄胖子　（严重的砂眼，看不清楚，进门就请安）哥儿们，都瞧我啦！我请安了！都是自己兄弟，别伤了和气呀！

王利发　这不是他们，他们在后院哪！

黄胖子　我看不大清楚啊！掌柜的，预备烂肉面，有我黄胖子，谁也打不起来！（往里走）

二德子　（出来迎接）两边已经见了面，您快来吧！

〔二德子同黄胖子入内。

〔茶房们一趟又一趟地往后面送茶水。老人进来，拿着些牙签、胡梳、耳挖勺之类的小东西，低着头慢慢地挨着茶座儿走；没人买他的东西。他要往后院去，被李三截住。

李　三　老大爷，您外边蹓蹓吧！后院里，人家正说和事呢，没人买您的东西！（顺手儿把剩茶递给老人一碗）

松二爷　（低声地）李三！（指后院）他们到底为了什么事，要这么拿刀动杖的？

李　三　（低声地）听说是为一只鸽子。张宅的鸽子飞到了李宅去，李宅不肯交还……唉，咱们还是少说话好，（问老人）老大爷您高寿啦？

老　人　（喝了茶）多谢！八十二了，没人管！这年月呀，人还不如一只鸽子呢！唉！（慢慢走出去）

〔秦仲义，穿得很讲究，满面春风，走进来。

王利发　哎哟！秦二爷，您怎么这样闲在，会想起下茶馆来了？也没带个底下人？

秦仲义　来看看，看看你这年轻小伙子会作生意不会！

王利发　唉，一边作一边学吧，指着这个吃饭嘛。谁叫我爸爸死的早，我不干不行啊！好在照顾主儿都是我父亲的老朋友，我有不周到的地方，都肯包涵，闭闭眼就过去了。在街面上混饭吃，人缘儿顶要紧。我按着我父亲遗留下的老办法，多说好话，多请安，讨人人的喜欢，就不会出大岔子！您坐下，我给您沏碗小叶茶去！

秦仲义 我不喝！也不坐着！

王利发 坐一坐！有您在我这儿坐坐，我脸上有光！

秦仲义 也好吧！（坐）可是，用不着奉承我！

王利发 李三，沏一碗高的来！二爷，府上都好？您的事情都顺心吧？

秦仲义 不怎么太好！

王利发 您怕什么呢？那么多的买卖，您的小手指头都比我的腰还粗！

唐铁嘴 （凑过来）这位爷好相貌，真是天庭饱满，地阁方圆，虽无宰相之权，而有陶朱之富！

秦仲义 躲开我！去！

王利发 先生，你喝够了茶，该外边活动活动去！（把唐铁嘴轻轻推开）

唐铁嘴 唉！（垂头走出去）

秦仲义 小王，这儿的房租是不是得往上提那么一提呢？当年你爸爸给我的那点租钱，还不够我喝茶用的呢！

王利发 二爷，您说的对，太对了！可是，这点小事用不着您分心，您派管事的来一趟，我跟他商量，该长多少租钱，我一定照办！是！嗻！

秦仲义　你这小子，比你爸爸还滑！哼，等着吧，早晚我把房子收回去！

王利发　您甭吓唬着我玩，我知道您多么照应我，心疼我，决不会叫我挑着大茶壶，到街上卖热茶去！

秦仲义　你等着瞧吧！

〔乡妇拉着个十来岁的小妞进来。小妞的头上插着一根草标。李三本想不许她们往前走，可是心中一难过，没管。她们俩慢慢地往里走。茶客们忽然都停止说笑，看着她们。

小　妞　（走到屋子中间，立住）妈，我饿！我饿！

〔乡妇呆视着小妞，忽然腿一软，坐在地上，掩面低泣。

秦仲义　（对王利发）轰出去！

王利发　是！出去吧，这里坐不住！

乡　妇　哪位行行好？要这个孩子，二两银子！

常四爷　李三，要两个烂肉面，带她们到门外吃去！

李　三　是啦！（过去对乡妇）起来，门口等着去，我给你们端面来！

乡　妇　（立起，抹泪往外走，好像忘了孩子；走了两步，又转回身来，搂住小妞吻她）宝贝！宝贝！

王利发　快着点吧！

〔乡妇、小妞走出去。李三随后端出两碗面去。

王利发　（过来）常四爷，您是积德行好，赏给她们面吃！可是，我告诉您：这路事儿太多了，太多了！谁也管不了！（对秦仲义）二爷，您看我说的对不对？

常四爷　（对松二爷）二爷，我看哪，大清国要完！

秦仲义　（老气横秋地）完不完，并不在乎有人给穷人们一碗面吃没有。小王，说真的，我真想收回这里的房子！

王利发　您别那么办哪，二爷！

秦仲义　我不但收回房子，而且把乡下的地，城里的买卖也都卖了！

王利发　那为什么呢？

秦仲义　把本钱拢到一块儿，开工厂！

王利发　开工厂？

秦仲义　嗯，顶大顶大的工厂！那才救得了穷人，那才能抵制外货，那才能救国！（对王利发说而眼看着常四爷）唉，我跟你说这些干什么，你不懂！

王利发　您就专为别人，把财产都出手，不顾自己了吗？

秦仲义　你不懂！只有那么办，国家才能富强！好啦，我该走啦。我亲眼看见了，你的生意不错，你甭再耍无赖，不长房钱！

王利发　您等等，我给您叫车去！

秦仲义　用不着，我愿意蹓跶蹓跶！

〔秦仲义往外走，王利发送。

〔小牛儿搀着庞太监走进来。小牛儿提着水烟袋。

庞太监　哟！秦二爷！

秦仲义　庞老爷！这两天您心里安顿了吧？

庞太监　那还用说吗？天下太平了：圣旨下来，谭嗣同问斩！告诉您，谁敢改祖宗的章程，谁就掉脑袋！

秦仲义　我早就知道！

〔茶客们忽然全静寂起来，几乎是闭住呼吸地听着。

庞太监　您聪明，二爷，要不然您怎么发财呢！

秦仲义　我那点财产，不值一提！

庞太监　太客气了吧？您看，全北京城谁不知道秦二爷！您比作官的还厉害呢！听说呀，好些财主都讲维新！

秦仲义　不能这么说，我那点威风在您的面前可就施展不出来了！哈哈哈！

庞太监　说得好，咱们就八仙过海，各显其能吧！哈哈哈！

秦仲义　改天过去给您请安，再见！（下）

庞太监　（自言自语）哼，凭这么个小财主也敢跟我逗嘴皮子，年头真是改了！（问王利发）刘麻子在这儿哪？

王利发　总管，您里边歇着吧！

〔刘麻子早已看见庞太监，但不敢靠近，怕打搅了庞太监、秦仲义的谈话。

刘麻子　喝，我的老爷子！您吉祥！我等了您好大半天了！（搀庞太监往里面走）

〔宋恩子、吴祥子过来请安，庞太监对他们耳语。

〔众茶客静默一阵之后，开始议论纷纷。

茶客甲　谭嗣同是谁？

茶客乙　好像听说过！反正犯了大罪，要不，怎么会问斩呀！

茶客丙　这两三个月了，有些作官的，念书的，乱折腾乱闹，咱们怎能知道他们捣的什么鬼呀！

茶客丁　得！不管怎么说，我的铁杆庄稼又保住了！姓谭的，还有那个康有为，不是说叫旗兵不关钱粮，去自谋生计吗？心眼多毒！

茶客丙　一份钱粮倒叫上头克扣去一大半，咱们也不好过！

茶客丁　那总比没有强啊！好死不如赖活着，叫我去自己谋生，非死不可！

王利发　诸位主顾，咱们还是莫谈国事吧！

〔大家安静下来，都又各谈各的事。

庞太监　（已坐下）怎么说？一个乡下丫头，要二百银子？

刘麻子　（侍立）乡下人，可长得俊呀！带进城来，好好地一打扮、调教，准保是又好看，又有规矩！我给您办事，比给我亲爸爸作事都更尽心，一丝一毫不能马虎！

〔唐铁嘴又回来了。

王利发　铁嘴，你怎么又回来了？

唐铁嘴　街上兵荒马乱的，不知道是怎么回事！

庞太监 还能不搜查搜查谭嗣同的余党吗？唐铁嘴，你放心，没人抓你！

唐铁嘴 嗻，总管，您要能赏给我几个烟泡儿，我可就更有出息了！

〔有几个茶客好像预感到什么灾祸，一个个往外溜。

松二爷 咱们也该走啦吧！天不早啦！

常四爷 嗻！走吧！

〔二灰衣人——宋恩子和吴祥子走过来。

宋恩子 等等！

常四爷 怎么啦？

宋恩子 刚才你说“大清国要完”？

常四爷 我，我爱大清国，怕它完了！

吴祥子 （对松二爷）你听见了？他是这么说的吗？

松二爷 哥儿们，我们天天在这儿喝茶。王掌柜知道：我们都是地道老好人！

吴祥子 问你听见了没有？

松二爷 那，有话好说，二位请坐！

宋恩子 你不说，连你也锁了走！他说“大清国要完”，就是跟谭嗣同一党！

松二爷 我，我听见了，他是说……

宋恩子 （对常四爷）走！

常四爷 上哪儿？事情要交代明白了啊！

宋恩子　你还想拒捕吗？我这儿可带着“王法”呢！（掏出腰中带着的铁链子）

常四爷　告诉你们，我可是旗人！

吴祥子　旗人当汉奸，罪加一等！锁上他！

常四爷　甭锁，我跑不了！

宋恩子　量你也跑不了！（对松二爷）你也走一趟，到堂上实话实说，没你的事！

〔黄胖子同三五个人由后院过来。

黄胖子　得啦，一天云雾散，算我没白跑腿！

松二爷　黄爷！黄爷！

黄胖子　（揉揉眼）谁呀？

松二爷　我！松二！您过来，给说句好话！

黄胖子　（看清）哟，宋爷，吴爷，二位爷办案哪？请吧！

松二爷　黄爷，帮帮忙，给美言两句！

黄胖子　官厅儿管不了的事，我管！官厅儿能管的事呀，我不便多嘴！（问大家）是不是？

众　　　嗻！对！

〔宋恩子、吴祥子带着常四爷、松二爷往外走。

松二爷　（对王利发）看着点我们的鸟笼子！

王利发　您放心，我给送到家里去！

〔常四爷、松二爷、宋恩子、吴祥子同下。

黄胖子　（唐铁嘴告以庞太监在此）哟，老爷在这儿哪？听说要安份儿家，我先给您道喜！

庞太监　等吃喜酒吧！

黄胖子　您赏脸！您赏脸！（下）

〔乡妇端着空碗进来，往柜上放。小妞跟进来。

小　妞　妈！我还饿！

王利发　唉！出去吧！

乡　妇　走吧，乖！

小　妞　不卖妞妞啦？妈！不卖了？妈！

乡　妇　乖！（哭着，携小妞下）

〔康六带着康顺子进来，立在柜台前。

康　六　姑娘！顺子！爸爸不是人，是畜生！可你叫我怎办呢？你不找个吃饭的地方，你饿死！我弄不到手几两银子，就得叫东家活活地打死！你呀，顺子，认命吧，积德吧！

康顺子　我，我……（说不出话来）

刘麻子　（跑过来）你们回来啦？点头啦？好！来见见总管！给总管磕头！

康顺子　我……（要晕倒）

康　六　（扶住女儿）顺子！顺子！

刘麻子　怎么啦？

康　六　又饿又气，昏过去了！顺子！顺子！

庞太监　我要活的，可不要死的！

〔静场。

茶客甲 （正与茶客乙下象棋）将！你完啦！

——幕 落

第二幕

人物 王淑芬、报童、康顺子、李三、常四爷、康大力、王利发、松二爷、老林、难民数人、宋恩子、老陈、巡警、吴祥子、崔久峰、押大令的兵七人、公寓住客二三人、军官、唐铁嘴、刘麻子、大兵三五人。

时间 与前幕相隔十余年，现在是袁世凯死后，帝国主义指使中国军阀进行割据，时时发动内战的时候。初夏，上午。

地点 同前幕。

〔**幕启：**北京城内的大茶馆已先后相继关了门。“裕泰”是硕果仅存的一家了，可是为避免被淘汰，它已改变了样子与作风。现在，它的前部仍然卖茶，后部却改成了公寓。前部只卖茶和瓜子什么的；“烂肉面”等等已成为历史名词。厨房挪到后边去，专包公寓住客的伙食。茶座也大加改良：一律是小桌与藤椅，桌上铺着浅绿桌布。墙上的“醉八仙”大画，连财神龛，均已撤去，代以时装美人——外国香烟公司的广告画。“莫谈国事”的纸条可是保存了下来，而且字写的更大。王利发真像个“圣之时者也”，不但没使“裕泰”灭亡，而且使它有了新的发展。

〔因为修理门面，茶馆停了几天营业，预备明天开张。王淑芬正和李三忙着布置，把桌椅移了又移，摆了又摆，以期尽善尽美。

〔王淑芬梳时行的圆髻，而李三却还带着小辫儿。

〔二、三学生由后面来，与他们打招呼，出去。

王淑芬　（看李三的辫子碍事）三爷，咱们的茶馆改了良，你的小辫子也该剪了吧？

李　三　改良！改良！越改越凉，冰凉！

王淑芬　也不能那么说！三爷你看，听说西直门的德泰，北新桥的广泰，鼓楼前的天泰，这些大茶馆全先后脚儿关了门！只有咱们裕泰还开着，为什么？不是因为拴子的爸爸懂得改良吗？

李　三　哼！皇上没啦，总算大改良吧？可是改来改去，袁世凯还是要作皇上。袁世凯死后，天下大乱，今儿个打炮，明儿个关城，改良？哼！我还留着我的小辫儿，万一把皇上改回来呢！

王淑芬　别顽固啦，三爷！人家给咱们改了民国，咱们还能不随着走吗？你看，咱们这么一收拾，不比以前干净，好看？专招待文明人，不更体面？可是，你要还带着小辫儿，看着多么不顺眼哪！

李　三　太太，你觉得不顺眼，我还不顺心呢！

王淑芬　哟，你不顺心？怎么？

李　三　你还不明白？前面茶馆，后面公寓，全仗着掌柜的跟我两个人，无论怎么说，也忙不过来呀！

王淑芬　前面的事归他，后面的事不是还有我帮助你吗？

李　三　就算有你帮助，打扫二十来间屋子，侍候二十多人的伙食，还要沏茶灌水，买东西送信，问问你自己，受得了受不了！

王淑芬　三爷，你说的对！可是呀，这兵荒马乱的年月，能有个事儿作也就得念佛！咱们都得忍着点！

李　三　我干不了！天天睡四、五个钟头的觉，谁也不是铁打的！

王淑芬　唉！三爷，这年月谁也舒服不了！你等着，大拴子暑假就高小毕业，二拴子也快长起来，他们一有用处，咱们可就清闲点啦。从老王掌柜在世的时候，你就帮助我们，老朋友，老伙计啦！

〔王利发老气横秋地从后面进来。

李　三　老伙计？二十多年了，他们可给我长过工钱？什么都改良，为什么工钱不跟着改良呢？

王利发　哟！你这是什么话呀？咱们的买卖要是越作越好，我能不给你长工钱吗？得了，明天咱们开张，取个吉利，先别吵嘴，就这么办吧！All right？[①]

李　三　就怎么办啦？不改我的良，我干不下去啦！

〔后面叫：李三！李三！

王利发　崔先生叫，你快去！咱们的事，有工夫再细研究！

李　三　哼！

王淑芬　我说，昨天就关了城门，今儿个还说不定关不关，三爷，这里的事交给掌柜的，你去买点菜吧！别的不说，咸菜总得买下点呀！

〔后面又叫：李三！李三！

李　三　对，后边叫，前边催，把我劈成两半儿好不好！（忿忿地往后走）

王利发　拴子的妈，他岁数大了点，你可得……

王淑芬　他抱怨了大半天了！可是抱怨的对！当着他，我不便直说；对你，我可得说实话：咱们得添人！

王利发　添人得给工钱，咱们赚得出来吗？我要是会干别的，可是还开茶馆，我是孙子！

〔远处隐隐有炮声。

王利发　听听，又他妈的开炮了！你闹，闹！明天开得了张才

---

① “All right”在这里是“好吧”的意思。

怪！这是怎么说的！

王淑芬 明白人别说糊涂话，开炮是我闹的？

王利发 别再瞎扯，干活儿去！嘿！

王淑芬 早晚不是累死，就得叫炮轰死，我看透了！（慢慢地往后边走）

王利发 （温和了些）拴子的妈，甭害怕，开过多少回炮，一回也没打死咱们，北京城是宝地！

王淑芬 心哪，老跳到嗓子眼里，宝地！我给三爷拿菜钱去。（下）

〔一群男女难民在门外央告。

难 民 掌柜的，行行好，可怜可怜吧！

王利发 走吧，我这儿不打发，还没开张！

难 民 可怜可怜吧！我们都是逃难的！

王利发 别耽误工夫！我自己还顾不了自己呢！

〔巡警上。

巡 警 走！滚！快着！

〔难民散去。

王利发 怎么样啊？六爷！又打得紧吗？

巡 警 紧！紧得厉害！仗打得不紧，怎能够有这么多难民呢！上面交派下来，你出八十斤大饼，十二点交齐！城里的兵带着干粮，才能出去打仗啊！

王利发 您圣明，我这儿现在光包后面的伙食，不再卖饭，也还没开张，别说八十斤大饼，一斤也交不出啊！

巡　警　你有你的理由，我有我的命令，你瞧着办吧！（要走）

王利发　您等等！我这儿千真万确还没开张，这您知道！开张以后，还得多麻烦您呢！得啦，您买包茶叶喝吧！（递钞票）您多给美言几句，我感恩不尽！

巡　警　（接票子）我给你说说看，行不行可不保准！

〔三、五个大兵，军装破烂，都背着枪，闯进门口。

巡　警　老总们，我这儿正查户口呢，这儿还没开张！

大　兵　屌！

巡　警　王掌柜，孝敬老总们点茶钱，请他们到别处喝去吧！

王利发　老总们，实在对不起，还没开张，要不然，诸位住在这儿，一定欢迎！（递钞票给巡警）

巡　警　（转递给兵们）得啦，老总们多原谅，他实在没法招待诸位！

大　兵　屌！谁要钞票？要现大洋！

王利发　老总们，让我哪儿找现洋去呢？

大　兵　屌！揍他个小舅子！

巡　警　快！再添点！

王利发　（掏）老总们，我要是还有一块，请把房子烧了！（递钞票）

大　兵　屌！（接钱下，顺手拿走两块新桌布）

巡　警　得，我给你挡住了一场大祸！他们不走呀，你就全完，连一个茶碗也剩不下！

王利发　我永远忘不了您这点好处！

巡　警　可是为这点功劳，你不得另有份意思吗？

王利发　对！您圣明，我胡涂！可是，您搜我吧，真一个铜子儿也没有啦！（掀起褂子，让他搜）您搜！您搜！

巡　警　我干不过你！明天见，明天还不定是风是雨呢！（下）

王利发　您慢走！（看巡警走去，跺脚）他妈的！打仗，打仗！今天打，明天打，老打，打他妈的什么呢？

〔唐铁嘴进来，还是那么瘦，那么脏，可是穿着绸子夹袍。

唐铁嘴　王掌柜！我来给你道喜！

王利发　（还生着气）哟！唐先生？我可不再白送茶喝！（打量，有了笑容）你混的不错呀！穿上绸子啦！

唐铁嘴　比从前好了一点！我感谢这个年月！

王利发　这个年月还值得感谢！听着有点不搭调！

唐铁嘴　年头越乱，我的生意越好！这年月，谁活着谁死都碰运气，怎能不多算算命、相相面呢？你说对不对？

王利发　Yes，[①]也有这么一说！

唐铁嘴　听说后面改了公寓，租给我一间屋子，好不好？

王利发　唐先生，你那点嗜好，在我这儿恐怕……

---

①“Yes”即“对”的意思。

唐铁嘴　我已经不吃大烟了！

王利发　真的？你可真要发财了！

唐铁嘴　我改抽“白面儿”啦。（指墙上的香烟广告）你看，哈德门烟是又长又松，（掏出烟来表演）一顿就空出一大块，正好放“白面儿”。大英帝国的烟，日本的“白面儿”，两个强国侍候着我一个人，这点福气还小吗？

王利发　福气不小！不小！可是，我这儿已经住满了人，什么时候有了空房，我准给你留着！

唐铁嘴　你呀，看不起我，怕我给不了房租！

王利发　没有的事！都是久在街面上混的人，谁能看不起谁呢？这是知心话吧？

唐铁嘴　你的嘴呀比我的还花哨！

王利发　我可不光耍嘴皮子，我的心放得正！这十多年了，你白喝过我多少碗茶？你自己算算！你现在混的不错，你想着还我茶钱没有？

唐铁嘴　赶明儿我一总还给你，那一共才几个钱呢！（搭讪着往外走）

〔街上卖报的喊叫：“长辛店大战的新闻，买报瞧，瞧长辛店大战的新闻！”报童向内探头。

报　童　掌柜的，长辛店大战的新闻，来一张瞧瞧？

王利发　有不打仗的新闻没有？

报　童　也许有，您自己找！

王利发　走！不瞧！

报　童　掌柜的，你不瞧也照样打仗！（对唐铁嘴）先生，您照顾照顾？

唐铁嘴　我不像他，（指王利发）我最关心国事！（拿了一张报，没给钱即走）

〔报童追唐铁嘴下。

王利发　（自言自语）长辛店！长辛店！离这里不远啦！（喊）三爷，三爷！你倒是抓早儿买点菜去呀，待一会儿准关城门，就什么也买不到啦！嘿！（听后面没人应声，含怒往后跑）

〔常四爷提着一串腌萝卜，两只鸡，走进来。

常四爷　王掌柜！

王利发　谁？哟，四爷！您干什么哪？

常四爷　我卖菜呢！自食其力，不含糊！今儿个城外头乱乱哄哄，买不到菜；东抓西抓，抓到这么两只鸡，几斤老腌萝卜。听说你明天开张，也许用的着，特意给你送来了！

王利发　我谢谢您！我这儿正没有辙呢！

常四爷　（四下里看）好啊！好啊！收拾得好啊！大茶馆全关了，就是你有心路，能随机应变地改良！

王利发　别夸奖我啦！我尽力而为，可就怕天下老这么乱七八糟！

常四爷　像我这样的人算是坐不起这样的茶馆喽！

〔松二爷走进来，穿的很寒酸，可是还提着鸟笼。

松二爷　王掌柜！听说明天开张，我来道喜！（看见常四爷）哎哟！四爷，可想死我喽！

常四爷　二哥！你好哇？

工利发　都坐下吧！

松二爷　王掌柜，你好？太太好？少爷好？生意好？

王利发　（一劲儿说）好！托福！（提起鸡与咸菜）四爷，多少钱？

常四爷　瞧着给，该给多少给多少！

王利发　对！我给你们弄壶茶来！（提物到后面去）

松二爷　四爷，你，你怎么样啊？

常四爷　卖青菜哪！铁杆庄稼没有啦，还不卖膀子力气吗？二爷，您怎么样啊？

松二爷　怎么样？我想大哭一场！看见我这身衣裳没有？我还像个人吗？

常四爷　二哥，您能写能算，难道找不到点事儿作？

松二爷　嘛，谁愿意瞪着眼挨饿呢！可是，谁要咱们旗人呢！想起来呀，大清国不一定好啊，可是到了民国，我挨了饿！

王利发　（端着一壶茶回来。给常四爷钱）不知道您花了多少，我就给这么点吧！

常四爷 （接钱，没看，揣在怀里）没关系！

王利发 二爷，（指鸟笼）还是黄鸟吧？哨的怎样？

松二爷 嘸，还是黄鸟！我饿着，也不能叫鸟儿饿着！（有了点精神）你看看，看看，（打开罩子）多么体面！一看见它呀，我就舍不得死啦！

王利发 松二爷，不准说死！有那么一天，您还会走一步好运！

常四爷 二哥，走！找个地方喝两盅儿去！一醉解千愁！王掌柜，我可就不让你啦，没有那么多的钱！

王利发 我也分不开身，就不陪了！

〔常四爷、松二爷正往外走，宋恩子和吴祥子进来。他们俩仍穿灰色大衫，但袖口瘦了，而且罩上青布马褂。

松二爷 （看清楚是他们，不由地上前请安）原来是你们二位爷！

〔王利发似乎受了松二爷的感染，也请安，弄得二人愣住了。

宋恩子 这是怎么啦？民国好几年了，怎么还请安？你们不会鞠躬吗？

松二爷 我看见您二位的灰大褂呀，就想起了前清的事儿！不能不请安！

王利发　我也那样！我觉得请安比鞠躬更过瘾！

吴祥子　哈哈哈哈！松二爷，你们的铁杆庄稼不行了，我们的灰色大褂反倒成了铁杆庄稼，哈哈哈！（看见常四爷）这不是常四爷吗？

常四爷　是呀，您的眼力不错！戊戌年我就在这儿说了句“大清国要完”，叫您二位给抓了走，坐了一年多的牢！

宋恩子　您的记性可也不错！混的还好吧？

常四爷　托福！从牢里出来，不久就赶上庚子年；扶清灭洋，我当了义和团，跟洋人打了几仗！闹来闹去，大清国到底是亡了，该亡！我是旗人，可是我得说公道话！现在，每天起五更弄一挑子青菜，绕到十点来钟就卖光。凭力气挣饭吃，我的身上更有劲了！什么时候洋人敢再动兵，我姓常的还准备跟他们打打呢！我是旗人，旗人也是中国人哪！您二位怎么样？

吴祥子　瞎混呗！有皇上的时候，我们给皇上效力，有袁大总统的时候，我们给袁大总统效力；现而今，宋恩子，该怎么说啦？

宋恩子　谁给饭吃，咱们给谁效力！

常四爷　要是洋人给饭吃呢？

松二爷　四爷，咱们走吧！

吴祥子　告诉你，常四爷，要我们效力的都仗着洋人撑腰！没有洋枪洋炮，怎能够打起仗来呢？

松二爷 您说的对！嗻！四爷，走吧！

常四爷 再见吧，二位，盼着你们快快升官发财！（同松二爷下）

宋恩子 这小子！

王利发 （倒茶）常四爷老是那么又倔又硬，别计较他！（让茶）二位喝碗吧，刚沏好的。

宋恩子 后面住着的都是什么人？

王利发 多半是大学生，还有几位熟人。我有登记簿子，随时报告给“巡警阁子”。我拿来，二位看看？

吴祥子 我们不看簿子，看人！

王利发 您甭看，准保都是靠得住的人！

宋恩子 你为什么爱租学生们呢？学生不是什么老实家伙呀！

王利发 这年月，作官的今天上任，明天撤职，作买卖的今天开市，明天关门，都不可靠！只有学生有钱，能够按月交房租，没钱的就上不了大学啊！您看，是这么一笔账不是？

宋恩子 都叫你咂摸透了！你想的对！现在，连我们也欠饷啊！

吴祥子 是呀，所以非天天拿人不可，好得点津贴！

宋恩子 就仗着有错拿，没错放的，拿住人就有津贴！走吧，到后边看看去！

吴祥子 走！

王利发　二位，二位！您放心，准保没错儿！

宋恩子　不看，拿不到人，谁给我们津贴呢？

吴祥子　王掌柜不愿意咱们看，王掌柜必会给咱们想办法！咱们得给王掌柜留个面子！对吧？王掌柜！

王利发　我……

宋恩子　我出个不很高明的主意：干脆来个包月，每月一号，按阳历算，你把那点……

吴祥子　那点意思！

宋恩子　对，那点意思送到，你省事，我们也省事！

王利发　那点意思得多少呢？

吴祥子　多年的交情，你看着办！你聪明，还能把那点意思闹成不好意思吗？

李　三　（提着菜筐由后面出来）喝，二位爷！（请安）今儿个又得关城门吧！（没等回答，往外走）

〔二、三学生匆匆地回来。

学　生　三爷，先别出去，街上抓夫呢！（往后面走去）

李　三　（还往外走）抓去也好，在哪儿也是当苦力！

〔刘麻子丢了魂似的跑来，和李三碰了个满怀。

李　三　怎么回事呀？吓掉了魂儿啦！

刘麻子　（喘着）别，别，别出去！我差点叫他们抓了去！

王利发　三爷，等一等吧！

李　三　午饭怎么开呢？

王利发　跟大家说一声，中午咸菜饭，没别的办法！晚上吃那两只鸡！

李　三　好吧！（往回走）

刘麻子　我的妈呀，吓死我啦！

宋恩子　你活着，也不过多买卖几个大姑娘！

刘麻子　有人卖，有人买，我不过在中间帮帮忙，能怪我吗？（把桌上的三个茶杯的茶先后喝净）

吴祥子　我可是告诉你，我们哥儿们从前清起就专办革命党，不大爱管贩卖人口，拐带妇女什么的臭事。可是你要叫我们碰见，我们也不再睁一眼闭一眼！还有，像你这样的人，弄进去，准锁在尿桶上！

刘麻子　二位爷，别那么说呀！我不是也快挨饿了吗？您看，以前，我走八旗老爷们、宫里太监们的门子。这么一革命啊，可苦了我啦！现在，人家总长次长，团长师长，要娶姨太太讲究要唱落子的坤角，戏班里的女名角，一花就三千五千现大洋！我干瞧着，摸不着门！我那点芝麻粒大的生意算得了什么呢？

宋恩子　你呀，非锁在尿桶上，不会说好的！

刘麻子　得啦，今天我孝敬不了二位，改天我必有一份儿人心！

吴祥子　你今天就有买卖，要不然，兵荒马乱的，你不会出来！

刘麻子　没有！没有！

宋恩子　你嘴里半句实话也没有！不对我们说真话，没有你的好处！王掌柜，我们出去绕绕；下月一号，按阳历算，别忘了！

王利发　我忘了姓什么，也忘不了您二位这回事！

吴祥子　一言为定啦！（同宋恩子下）

王利发　刘爷，茶喝够了吧？该出去活动活动！

刘麻子　你忙你的，我在这儿等两个朋友。

王利发　咱们可把话说开了，从今以后，你不能再在这儿作你的生意，这儿现在改了良，文明了！

〔康顺子提着个小包，带着康大力，往里边探头。

康大力　是这里吗？

康顺子　地方对呀，怎么改了样儿？（进来，细看，看见了刘麻子）大力，进来，是这儿！

康大力　找对啦？妈！

康顺子　没错儿！有他在这儿，不会错！

王利发　您找谁？

康顺子　（不语，直奔刘麻子去）刘麻子，你还认识我吗？（要打，但是伸不出手去，一劲地颤抖）你，你，你个……（要骂，也感到困难）

刘麻子　你这个娘儿们，无缘无故地跟我捣什么乱呢？

康顺子　（挣扎）无缘无故？你，你看看我是谁？一个男子汉，干什么吃不了饭，偏干伤天害理的事！呸！呸！

王利发 这位大嫂，有话好好说！

康顺子 你是掌柜的？你忘了吗？十几年前，有个娶媳妇的太监？

王利发 您，您就是庞太监的那个……

康顺子 都是他（指刘麻子）作的好事，我今天跟他算算账！（又要打，仍未成功）

刘麻子 （躲）你敢，你敢！我好男不跟女斗！（随说随往后退）我，我找人来帮我说说理！（撒腿往后面跑）

王利发 （对康顺子）大嫂，你坐下，有话慢慢说！庞太监呢？

康顺子 （坐下喘气）死啦。叫他的侄子们给饿死的。一改民国呀，他还有钱，可没了势力，所以侄子们敢欺负他。他一死，他的侄子们把我们轰出来了，连一床被子都没给我们！

王利发 这，这是……？

康顺子 我的儿子！

王利发 您的……？

康顺子 也是买来的，给太监当儿子。

康大力 妈！你爸爸当初就在这儿卖了你的？

康顺子 对了，乖！就是这儿，一进这儿的门，我就晕过去了，我永远忘不了这个地方！

康大力 我可不记得我爸爸在哪里卖了我的！

康顺子　那时候，你不是才一岁吗？妈妈把你养大了的，你跟妈妈一条心，对不对？乖！

康大力　那个老东西，掐你，拧你，咬你，还用烟签子扎我！他们人多，咱们打不过他们！要不是你，妈，我准叫他们给打死了！

康顺子　对！他们人多，咱们又太老实！你看，看见刘麻子，我想咬他几口，可是，可是，连一个嘴巴也没打上，我伸不出手去！

康大力　妈，等我长大了，我帮助你打！我不知道亲妈妈是谁，你就是我的亲妈妈！

康顺子　好！好！咱们永远在一块儿，我去挣钱，你去念书！（稍愣了一会儿）掌柜的，当初我在这儿叫人买了去，咱们总算有缘，你能不能帮帮忙，给我找点事作？我饿死不要紧，可不能饿死这个无依无靠的好孩子！

〔王淑芬出来，立在后边听着。

王利发　你会干什么呢？

康顺子　洗洗涮涮、缝缝补补、作家常饭，都会！我是乡下人，我能吃苦，只要不再作太监的老婆，什么苦处都是甜的！

王利发　要多少钱呢？

康顺子　有三顿饭吃，有个地方睡觉，够大力上学的，就行！

王利发　好吧，我慢慢给你打听着！你看，十多年前那回事，我到今天还没忘，想起来心里就不痛快！

康顺子　可是，现在我们母子上哪儿去呢？

王利发　回乡下找你的老父亲去！

康顺子　他？他是活是死，我不知道。就是活着，我也不能去找他！他对不起女儿，女儿也不必再叫他爸爸！

王利发　马上就找事，可不大容易！

王淑芬　（过来）她能洗能作，又不多要钱，我留下她了！

王利发　你？

王淑芬　难道我不是内掌柜的？难道我跟李三爷就该累死？

康顺子　掌柜的，试试我！看我不行，您说话，我走！

王淑芬　大嫂，跟我来！

康顺子　当初我是在这儿卖出去的，现在就拿这儿当作娘家吧！大力，来吧！

康大力　掌柜的，你要不打我呀，我会帮助妈妈干活儿！（同王淑芬、康顺子下）

王利发　好家伙，一添就是两张嘴！太监取消了，可把太监的家眷交到这里来了！

李　三　（掩护着刘麻子出来）快走吧！（回去）

王利发　就走吧，还等着真挨两个脆的吗？

刘麻子　我不是说过了吗，等两个朋友？

王利发　你呀，叫我说什么才好呢！

刘麻子　有什么法子呢！隔行如隔山，你老得开茶馆，我老得干我这一行！到什么时候，我也得干我这一行！

〔老林和老陈满面笑容地走进来。

刘麻子　（二人都比他年轻，他却称呼他们哥哥）林大哥，陈二哥！（看王利发不满意，赶紧说）王掌柜，这儿现在没有人，我借个光，下不为例！

王利发　她（指后边）可是还在这儿呢！

刘麻子　不要紧，她不会打人！就是真打，他们二位也会帮助我！

王利发　你呀！哼！（到后边去）

刘麻子　坐下吧，谈谈！

老　林　你说吧！老二！

老　陈　你说吧！哥！

刘麻子　谁说不一样啊！

老　陈　你说吧，你是大哥！

老　林　那个，你看，我们俩是把兄弟！

老　陈　对！把兄弟，两个人穿一条裤子的交情！

老　林　他有几块现大洋！

刘麻子　现大洋？

老　陈　林大哥也有几块现大洋！

刘麻子　一共多少块呢？说个数目！

老　林　那，还不能告诉你咧！

老　陈　事儿能办才说咧！

刘麻子　有现大洋，没有办不了的事！

老　林
老　陈　真的？

刘麻子　说假话是孙子！

老　林　那么，你说吧，老二！

老　陈　还是你说，哥！

老　林　你看，我们是两个人吧？

刘麻子　嗯！

老　陈　两个人穿一条裤子的交情吧？

刘麻子　嗯！

老　林　没人耻笑我们的交情吧？

刘麻子　交情嘛，没人耻笑！

老　陈　也没人耻笑三个人的交情吧？

刘麻子　三个人？都是谁？

老　林　还有个娘儿们！

刘麻子　嗯！嗯！嗯！我明白了！可是不好办，我没办过！你看，平常都说小两口儿，哪有小三口儿的呢！

老　林　不好办？

刘麻子　太不好办啦！

老　林　（问老陈）你看呢？

老　陈　还能白拉倒吗？

老　林　不能拉倒！当了十几年兵，连半个媳妇都娶不上！他妈的！

刘麻子　不能拉倒，咱们再想想！你们到底一共有多少块现大洋？

〔王利发和崔久峰由后面慢慢走来。刘麻子等停止谈话。

王利发　崔先生，昨天秦二爷派人来请您，您怎么不去呢？您这么有学问，上知天文，下知地理，又作过国会议员，可是住在我这里，天天念经；干吗不出去作点事呢？您这样的好人，应当出去作官！有您这样的清官，我们小民才能过太平日子！

崔久峰　惭愧！惭愧！作过国会议员，那真是造孽呀！革命有什么用呢，不过自误误人而已！唉！现在我只能修持，忏悔！

王利发　您看秦二爷，他又办工厂，又忙着开银号！

崔久峰　办了工厂、银号又怎么样呢？他说实业救国，他救了谁？救了他自己，他越来越有钱了！可是他那点事业，哼，外国人伸出一个小指头，就把他推倒在地，再也起不来！

王利发　您别这么说呀！难道咱们就一点盼望也没有了吗？

崔久峰　难说！很难说！你看，今天王大帅打李大帅，明天赵大帅又打王大帅。是谁叫他们打的？

王利发　谁？哪个混蛋？

崔久峰　洋人！

王利发　洋人？我不能明白！

崔久峰　慢慢地你就明白了。有那么一天，你我都得作亡国奴！我干过革命，我的话不是随便说的！

王利发　那么，您就不想想主意，卖卖力气，别叫大家作亡国奴？

崔久峰　我年轻的时候，以天下为己任，的确那么想过！现在，我可看透了，中国非亡不可！

王利发　那也得死马当活马治呀！

崔久峰　死马当活马治？那是妄想！死马不能再活，活马可早晚得死！好啦，我到弘济寺去，秦二爷再派人来找我，你就说，我只会念经，不会干别的！（下）

〔宋恩子、吴祥子又回来了。

王利发　二位！有什么消息没有？

〔宋恩子、吴祥子不语，坐在靠近门口的地方，看着刘麻子等。

〔刘麻子不知如何是好，低下头去。

〔老陈、老林也不知如何是好，相视无言。

〔静默了有一分钟。

老　陈　哥，走吧？

老　林　走！

宋恩子　等等！（立起来，挡住路）

老　陈　怎么啦？

吴祥子　（也立起）你说怎么啦？

〔四人呆呆相视一会儿。

宋恩子　乖乖地跟我们走！

老　林　上哪儿？

吴祥子　逃兵，是吧？有些块现大洋，想在北京藏起来，是吧？有钱就藏起来，没钱就当土匪，是吧？

老　陈　你管得着吗？我一个人揍你这样的八个。（要打）

宋恩子　你？可惜你把枪卖了，是吧？没有枪的干不过有枪的，是吧？（拍了拍身上的枪）我一个人揍你这样的八个！

老　林　都是弟兄，何必呢？都是弟兄！

吴祥子　对啦！坐下谈谈吧！你们是要命呢？还是要现大洋？

老　陈　我们那点钱来的不容易！谁发饷，我们给谁打仗，我们打过多少次仗啊！

宋恩子　逃兵的罪过，你们可也不是不知道！

老　林　咱们讲讲吧，谁叫咱们是弟兄呢！

吴祥子　这像句自己人的话！谈谈吧！

王利发　（在门口）诸位，大令过来了！

老　陈
老　林　啊！（惊慌失措，要往里边跑）

宋恩子 别动！君子一言，把现大洋分给我们一半，保你们俩没事！咱们是自己人！

老 陈
老 林 就那么办！自己人！

〔“大令”进来：二捧刀——刀缠红布——背枪者前导，手捧令箭的在中，四持黑红棍者在后。军官在最后押队。

吴祥子 （和宋恩子、老林、老陈一齐立正，从帽中取出证章，叫军官看）报告官长，我们正在这儿盘查一个逃兵。

军 官 就是他吗？（指刘麻子）

吴祥子 （指刘麻子）就是他！

军 官 绑！

刘麻子 （喊）老爷！我不是！不是！

军 官 绑！（同下）

吴祥子 （对宋恩子）到后面抓两个学生！

宋恩子 走！（同往后疾走）

——幕 落

第三幕

人物 王大拴、明师傅、于厚斋、周秀花、邹福远、小宋恩子、王小花、卫福喜、小吴祥子、康顺子、方六、常四爷、丁宝、车当当、秦仲义、王利发、庞四奶奶、小心眼、茶客甲、乙、春梅、沈处长、小刘麻子、老杨、宪兵四人、取电灯费的、小二德子、小唐铁嘴、谢勇仁。

时间　抗日战争胜利后，国民党特务和美国兵在北京横行的时候。秋，清晨。

地点　同前幕。

〔**幕启：**现在，裕泰茶馆的样子可不像前幕那么体面了。藤椅已不见，代以小凳与条凳。自房屋至家具都显着暗淡无光。假若有什么突出惹眼的东西，那就是“莫谈国事”的纸条更多，字也更大了。在这些条子旁边还贴着“茶钱先付”的新纸条。

〔一清早，还没有下窗板。王利发的儿子王大拴，垂头丧气地独自收拾屋子。

〔王大拴的妻周秀花，领着小女儿王小花，由后面出来。她们一边走一边说话儿。

王小花　妈，晌午给我作点热汤面吧！好多天没吃过啦！

周秀花　我知道，乖！可谁知道买得着面买不着呢！就是粮食店里可巧有面，谁知道咱们有钱没有呢！唉！

王小花　就盼着两样都有吧！妈！

周秀花　你倒想得好，可哪能那么容易！去吧，小花，在路上留神吉普车！

王大拴　小花，等等！

王小花　干吗？爸！

王大拴　昨天晚上……

周秀花　我已经嘱咐过她了！她懂事！

王大拴　你大力叔叔的事万不可对别人说呀！说了，咱们全家都得死！明白吧！

王小花　我不说，打死我也不说！有人问我大力叔叔回来过没有，我就说：他走了好几年，一点消息也没有！

〔康顺子由后面走来。她的腰有点弯，但还硬朗。她一边走一边叫王小花。

康顺子　小花！小花！还没走哪？

王小花　康婆婆，干吗呀？

康顺子　小花，乖！婆婆再看你一眼！（抚弄王小花的头）多体面哪！吃的不足啊，要不然还得更好看呢！

周秀花　大婶，您是要走吧？

康顺子　是呀！我走，好让你们省点嚼谷呀！大力是我拉扯大的，他叫我走，我怎能不走呢？当初，我刚到这里的时候，他还没有小花这么高呢！

王小花　看大力叔叔现在多么壮实，多么大气！

康顺子　是呀，虽然他只在这儿坐了一袋烟的工夫呀，可是叫我年轻了好几岁！我本来什么也没有，一见着他呀，好像忽然间我什么都有啦！我走，跟着他走，受什么累，吃什么苦，也是香甜的！看他那两只大手，那两只大脚，简直是个顶天立地的男子汉！

王小花　婆婆，我也跟您去！

康顺子　小花，你乖乖地去上学，我会回来看你！

王大拴　小花，上学吧，别迟到！

王小花　婆婆，等我下了学您再走！

康顺子　哎！哎！去吧，乖！（王小花下）

王大拴　大婶，我爸爸叫您走吗？

康顺子　他还没打好了主意。我倒怕呀，大力回来的事儿万一叫人家知道了啊，我又忽然这么一走，也许要连累了你们！这年月不是天天抓人吗？我不能作对不起你们的事！

周秀花　大婶，您走您的，谁逃出去谁得活命！喝茶的不是常低声儿说：想要活命得上西山[①]吗？

王大拴　对！

康顺子　小花的妈，来吧，咱们再商量商量！我不能专顾自己，叫你们吃亏！老大，你也好好想想！（同周秀花下）

---

① 北京西山一带当时是八路军的游击区。——絜青注。

〔丁宝进来。

丁　宝　嗨，掌柜的，我来啦！

王大拴　你是谁？

丁　宝　小丁宝！小刘麻子叫我来的，他说这儿的老掌柜托他请个女招待。

王大拴　姑娘，你看看，这么个破茶馆，能用女招待吗？我们老掌柜呀，穷得乱出主意！

〔王利发慢慢地走出来，他还硬朗，穿的可很不整齐。

王利发　老大，你怎么老在背后褒贬老人呢？谁穷得乱出主意呀？下板子去！什么时候了，还不开门！

〔王大拴去下窗板。

丁　宝　老掌柜，你硬朗啊？

王利发　嗯！要有炸酱面的话，我还能吃三大碗呢，可惜没有！十几了？姑娘！

丁　宝　十七！

王利发　才十七？

丁　宝　是呀！妈妈是寡妇，带着我过日子。胜利以后呀，政府硬说我爸爸给我们留下的一所小房子是逆产，给没收啦！妈妈气死了，我作了女招待！老掌柜，我到今天还不明白什么叫逆产，您知道吗？

王利发　姑娘，说话留点神！一句话说错了，什么都可以变成逆产！你看，这后边呀，是秦二爷的仓库，有人一瞪眼，说是逆产，就给没收啦！就是这么一回事！

〔王大拴回来。

丁　宝　老掌柜，您说对了！连我也是逆产，谁的胳臂粗，我就得侍候谁！他妈的，我才十七，就常想还不如死了呢！死了落个整尸首，干这一行，活着身上就烂了！

王大拴　爸，您真想要女招待吗？

王利发　我跟小刘麻子瞎聊来着！我一辈子老爱改良，看着生意这么不好，我着急！

王大拴　您着急，我也着急！可是，您就忘记老裕泰这个老字号了吗？六十多年的老字号，用女招待？

丁　宝　什么老字号啊！越老越不值钱！不信，我现在要是二十八岁，就是叫小小丁宝，小丁宝贝，也没人看我一眼！

〔茶客甲、乙上。

王利发　二位早班儿！带着叶子哪？老大拿开水去！（王大拴下）二位，对不起，茶钱先付！

茶客甲　没听说过！

王利发　我开过几十年茶馆，也没听说过！可是，您圣明：茶叶、煤球儿都一会儿一个价钱，也许您正喝着茶，茶叶又长了价钱！您看，先收茶钱不是省得麻烦吗？

茶客乙　我看哪，不喝更省事！（同茶客甲下）

王大拴　（提来开水）怎么？走啦！

王利发　这你就明白了！

丁　宝　我要是过去说一声："来了？小子！"他们准给一块现大洋！

王利发　你呀，老大，比石头还顽固！

王大拴　（放下壶）好吧，我出去蹓蹓，这里出不来气！（下）

王利发　你出不来气，我还憋得慌呢！

〔小刘麻子上，穿着洋服，夹着皮包。

小刘麻子　小丁宝，你来啦？

丁　宝　有你的话，谁敢不来呀！

小刘麻子　王掌柜，看我给你找来的小宝贝怎样？人材、岁数打扮、经验，样样出色！

王利发　就怕我用不起吧？

小刘麻子　没的事！她不要工钱！是吧，小丁宝？

王利发　不要工钱？

小刘麻子　老头儿，你都甭管，全听我的，我跟小丁宝有我们一套办法！是吧，小丁宝？

丁　宝　要是没你那一套办法，怎会缺德呢！

小刘麻子　缺德？你算说对了！当初，我爸爸就是由这儿绑出去的；不信，你问王掌柜。是吧，王掌柜？

王利发　我亲眼得见！

小刘麻子　你看，小丁宝，我不乱吹吧？绑出去，就在马路中间，磕喳一刀！是吧，老掌柜？

王利发　听得真真的！

小刘麻子　我不说假话吧？小丁宝！可是，我爸爸到底差点事，一辈子混的并不怎样。轮到我自己出头露面了，我必得干的特别出色。（打开皮包，拿出计划书）看，小丁宝，看看我的计划！

丁　宝　我没那么大的工夫！我看哪，我该回家，休息一天，明天来上工。

王利发　丁宝，我还没想好呢！

小刘麻子　王掌柜，我都替你想好啦！不信，你等着看，明天早上，小丁宝在门口儿歪着头那么一站，马上就进来二百多茶座儿！小丁宝，你听听我的计划，跟你有关系。

丁　宝　哼！但愿跟我没关系！

小刘麻子　你呀，小丁宝，不够积极！听着……

〔取电灯费的进来。

取电灯费的　掌柜的，电灯费！

王利发　电灯费？欠几个月的啦？

取电灯费的　三个月的！

王利发　再等三个月，凑半年，我也还是没办法！

取电灯费的　那像什么话呢？

小刘麻子　地道真话嘛！这儿属沈处长管。知道沈处长吧？市党部的委员，宪兵司令部的处长！你愿意收他的电费吗？说！

取电灯费的 什么话呢，当然不收！对不起，我走错了门儿！（下）

小刘麻子 看，王掌柜，你不听我的行不行？你那套光绪年的办法太守旧了！

王利发 对！要不怎么说，人要活到老学到老呢！我还得多学！

小刘麻子 就是嘛！

〔小唐铁嘴进来，穿着绸子夹袍，新缎鞋。

小刘麻子 哎哟，他妈的是你，小唐铁嘴！

小唐铁嘴 哎哟，他妈的是你，小刘麻子！来，叫爷爷看看！（看前看后）你小子行，洋服穿的像那么一回事，由后边看哪，你比洋人还更像洋人！老王掌柜，我夜观天象，紫微星发亮，不久必有真龙天子出现，所以你看我跟小刘麻子，和这位……

小刘麻子 小丁宝，九城闻名！

小唐铁嘴 ……和这位小丁宝，才都这么才貌双全，文武带打，我们是应运而生，活在这个时代，真是如鱼得水！老掌柜，把脸转正了，我看看！好，好，印堂发亮，还有一步好运！来吧，给我碗喝吧！

王利发 小唐铁嘴！

小唐铁嘴 别再叫唐铁嘴，我现在叫唐天师！

小刘麻子　谁封你作了天师？

小唐铁嘴　待两天你就知道了。

王利发　天师，可别忘了，你爸爸白喝了我一辈子的茶，这可不能世袭！

小唐铁嘴　王掌柜，等我穿上八卦仙衣的时候，你会后悔刚才说了什么！你等着吧！

小刘麻子　小唐，待会儿我请你去喝咖啡，小丁宝作陪，你先听我说点正经事，好不好？

小唐铁嘴　王掌柜，你就不想想，天师今天白喝你点茶，将来会给你个县知事作作吗？好吧，小刘你说！

小刘麻子　我这儿刚跟小丁宝说，我有个伟大的计划！

小唐铁嘴　好！洗耳恭听！

小刘麻子　我要组织一个“拖拉撕”。这是个美国字，也许你不懂，翻成北京话就是“包圆儿”。

小唐铁嘴　我懂！就是说，所有的姑娘全由你包办。

小刘麻子　对！你的脑力不坏！小丁宝，听着，这跟你有密切关系！甚至于跟王掌柜也有关系！

王利发　我这儿听着呢！

小刘麻子　我要把舞女、明娼、暗娼、吉普女郎和女招待全组织起来，成立那么一个大“拖拉撕”。

小唐铁嘴　（闭着眼问）官方上疏通好了没有？

小刘麻子　当然！沈处长作董事长，我当总经理！

小唐铁嘴　我呢？

小刘麻子　你要是能琢磨出个好名字来，请你作顾问！

小唐铁嘴　车马费不要法币！

小刘麻子　每月送几块美钞！

小唐铁嘴　往下说！

小刘麻子　业务方面包括：买卖部、转运部、训练部、供应部，四大部。谁买姑娘，还是谁卖姑娘；由上海调运到天津，还是由汉口调运到重庆；训练吉普女郎，还是训练女招待；是供应美国军队，还是各级官员，都由公司统一承办，保证人人满意。你看怎样？

小唐铁嘴　太好！太好！在道理上，这合乎统制一切的原则。在实际上，这首先能满足美国兵的需要，对国家有利！

小刘麻子　好吧，你就给想个好名字吧！想个文雅的，像“柳叶眉，杏核眼，樱桃小口一点点”那种诗那么文雅的！

小唐铁嘴　嗯——“拖拉撕”，“拖拉撕”……不雅！拖进来，拉进来，不听话就撕成两半儿，倒好像是绑票儿撕票儿，不雅！

小刘麻子　对，是不大雅！可那是美国字，吃香啊！

小唐铁嘴　还是联合公司响亮、大方！

小刘麻子　有你这么一说！什么联合公司呢？

丁　宝　缺德公司就挺好！

小刘麻子　小丁宝，谈正经事，不许乱说！你好好干，将来你有作女招待总教官的希望！

小唐铁嘴　看这个怎样——花花联合公司？姑娘是什么？鲜花嘛！要姑娘就得多花钱，花呀花呀，所以花花！“青是山，绿是水，花花世界”，又有典故，出自《武家坡》！好不好！

小刘麻子　小唐，我谢谢你，谢谢你！（热烈握手）我马上找沈处长去研究一下，他一赞成，你的顾问就算当上了！（收拾皮包，要走）

王利发　我说，丁宝的事到底怎么办？

小刘麻子　没告诉你不用管吗？“托拉撕”统办一切，我先在这里试验试验。

丁　宝　你不是说喝咖啡去吗？

小刘麻子　问小唐去不去？

小唐铁嘴　你们先去吧，我还在这儿等个人。

小刘麻子　咱们走吧，小丁宝！

丁　宝　明天见，老掌柜！再见，天师！（同小刘麻子下）

小唐铁嘴　王掌柜，拿报来看看！

王利发　那，我得慢慢地找去。二年前的也许还有几张！

小唐铁嘴　废话！

〔进来三位茶客：明师傅、邹福远和卫福喜。明师傅独坐，邹福远与卫福喜同坐。王利发都认识，向大家点头。

王利发　哥儿们，对不起啊，茶钱先付！

明师傅　没错儿，老哥哥！

王利发　唉！“茶钱先付”，说着都烫嘴！（忙着沏茶）

邹福远　怎样啊？王掌柜！晚上还添评书不添啊？

王利发　试验过了，不行！光费电，不上座儿！

邹福远　对！您看，前天我在会仙馆，开三侠四义五霸十雄十三杰九老十五小，大破凤凰山，百鸟朝凤，棍打凤腿，您猜上了多少座儿？

王利发　多少？那点书现在除了您，没有人会说！

邹福远　您说的在行！可是，才上了五个人，还有俩听蹭儿的！

卫福喜　师哥，无论怎么说，你比我强！我又闲了一个多月啦！

邹福远　可谁叫你跳了行，改唱戏了呢？

卫福喜　我有嗓子，有扮相嘛！

邹福远　可是上了台，你又不好好地唱！

卫福喜　妈的唱一出戏，挣不上三个杂和面饼子的钱，我干吗卖力气呢？我疯啦？

邹福远　唉！福喜，咱们哪，全叫流行歌曲跟《纺棉花》给顶垮喽！我是这么看，咱们死，咱们活着，还在其次，顶伤心的是咱们这点玩艺儿，再过几年都得失传！咱们对不起祖师爷！常言道：邪不侵正。这年头就是邪年头，正经东西全得连根儿烂！

王利发　唉！（转至明师傅处）明师傅，可老没来啦！

明师傅　出不来喽！包监狱里的伙食呢！

王利发　您！就凭您，办一二百桌满汉全席的手儿，去给他们蒸窝窝头？

明师傅　那有什么办法呢，现而今就是狱里人多呀！满汉全席？我连家伙都卖喽！

〔方六拿着几张画儿进来。

明师傅　六爷，这儿！六爷，那两桌家伙怎样啦？我等钱用！

方　六　明师傅，您挑一张画儿吧！

明师傅　啊？我要画儿干吗呢？

方　六　这可画得不错！六大山人、董弱梅画的！

明师傅　画的天好，当不了饭吃啊！

方　六　他把画儿交给我的时候，直掉眼泪！

明师傅　我把家伙交给你的时候，也直掉眼泪！

方　六　谁掉眼泪，谁吃炖肉，我都知道！要不怎么我累心呢！你当是干我们这一行，专凭打打小鼓就行哪？

明师傅　六爷，人总有颗人心哪，你还能坑老朋友吗？

方　六　一共不是才两桌家伙吗？小事儿，别再提啦，再提就好像不大懂交情了！

〔车当当敲着两块洋钱，进来。

车当当　谁买两块？买两块吧？天师，照顾照顾？（小唐铁嘴不语）

王利发　当当！别处转转吧，我连现洋什么模样都忘了！

车当当　那，您老人家就细细看看吧！白看，不用买票！（往桌上扔钱）

〔庞四奶奶进来，带着春梅。庞四奶奶的手上戴满各种戒指，打扮得像个女妖精。卖杂货的老杨跟进来。

小唐铁嘴　娘娘！

方　六
车当当　娘娘！

庞四奶奶　天师！

小唐铁嘴　侍候娘娘！（让庞四奶奶坐，给她倒茶）

庞四奶奶　（看车当当要出去）当当，你等等！

车当当　嗻！

老　杨　（打开货箱）娘娘，看看吧！

庞四奶奶　唱唱那套词儿，还倒怪有个意思！

老　杨　是！美国针、美国线、美国牙膏、美国消炎片。还有口红、雪花膏、玻璃袜子细毛线。箱子小，货物全，就是不卖原子弹！

庞四奶奶　哈哈哈！（挑了两双袜子）春梅，拿着！当当，你跟老杨算账吧！

车当当　娘娘，别那么办哪！

庞四奶奶　我给你拿的本钱，利滚利，你欠我多少啦？天师，查账！

小唐铁嘴　是！（掏小本）

车当当　天师，你甭操心，我跟老杨算去！

老　杨　娘娘，您行好吧！他能给我钱吗？

庞四奶奶　老杨，他坑不了你，都有我呢！

老　杨　是！（向众）还有哪位照顾照顾？（又要唱）美国针……

庞四奶奶　听够了！走！

老　杨　是！美国针、美国线，我要不走是浑蛋！走，当当！（同车当当下）

方　六　（过来）娘娘，我得到一堂景泰蓝的五供儿，东西老，地道，也便宜，坛上用顶体面，您看看吧？

庞四奶奶　请皇上看看吧！

方　六　是！皇上不是快登基了吗？我先给您道喜！我马上取去，送到坛上！娘娘多给美言几句，我必有份人心！（往外走）

明师傅　六爷，我的事呢?!

方　六　你先给我看着那几张画！（下）

明师傅　你等等！坑我两桌家伙，我还有把切菜刀呢！（追下）

庞四奶奶　王掌柜，康妈妈在这儿哪？请她出来！

小唐铁嘴　我去！（跑到后门）康老太太，您来一下！

王利发　什么事？

小唐铁嘴　朝廷大事！

〔康顺子上。

康顺子　干什么呀？

庞四奶奶　（迎上去）婆母！我是您的四侄媳妇，来接您，快坐下吧！（拉康顺子坐下）

康顺子　四侄媳妇？

庞四奶奶　是呀，您离开庞家的时候，我还没过门哪。

康顺子　我跟庞家一刀两断啦，找我干吗？

庞四奶奶　您的四侄子海顺呀，是三皇道的大坛主，国民党的大党员，又是沈处长的把兄弟，快作皇上啦，您不喜欢吗？

康顺子　快作皇上？

庞四奶奶　啊！龙袍都作好啦，就快在西山登基！

康顺子　在西山？

小唐铁嘴　老太太，西山一带有八路军。庞四爷在那一带登基，消灭八路，南京能够不愿意吗？

庞四奶奶　四爷呀都好，近来可是有点贪酒好色。他已经弄了好几个小老婆！

小唐铁嘴　娘娘，三宫六院七十二嫔妃，可有书可查呀！

庞四奶奶　你不是娘娘，怎么知道娘娘的委屈！老太太，我是这么想：您要是跟我一条心，我叫您老太后，咱们俩一齐管着皇上，我这个娘娘不就好作一点了吗？老太太，您跟我去，吃好的喝好的，兜儿里老带着那么几块当当响的洋钱，够多么好啊！

康顺子　我要是不跟你去呢？

庞四奶奶　啊？不去？（要翻脸）

小唐铁嘴　让老太太想想，想想！

康顺子　用不着想，我不会再跟庞家的人打交道！四媳妇，你作你的娘娘，我作我的苦老婆子，谁也别管谁！刚才你要瞪眼睛，你当我怕你吗？我在外边也混了这么多年，磨练出来点了，谁跟我瞪眼，我会伸手打！（立起，往后走）

小唐铁嘴　老太太！老太太！

康顺子　（立住，转身对小唐铁嘴）你呀，小伙子，挺起腰板来，去挣碗干净饭吃，不好吗？（下）

庞四奶奶　（移怒于王利发）王掌柜，过来！你去跟那个老婆子说说，说好了，我送给你一袋子白面！说不好，我砸了你的茶馆！天师，走！

小唐铁嘴　王掌柜，我晚上还来，听你的回话！

王利发　万一我下半天就死了呢？

庞四奶奶　呸！你还不该死吗？（与小唐铁嘴、春梅同下）

王利发　哼！

邹福远　师弟，你看这算哪一出？哈哈哈！

卫福喜　我会二百多出戏，就是不懂这一出！你知道那个娘儿们的出身吗？

邹福远　我还能不知道！东霸天的女儿，在娘家就生过……得，别细说，我看这群浑蛋都有点回光返照，长不了！

〔王大拴回来。

王利发　看着点，老大。我到后面商量点事！（下）

小二德子（在外边大吼一声）闪开了！（进来）大拴哥，沏壶顶好的，我有钱！（掏出四块现洋，一块一块地放下）给算算，刚才花了一块，这儿还有四块，五毛打一个，我一共打了几个？

王大拴　十个。

小二德子　（用手指算）对！前天四个，昨天六个，可不是十个！大拴哥，你拿两块吧！没钱，我白喝你的茶；有钱，就给你！你拿吧！（吹一块，放在耳旁听听）这块好，就一块当两块吧，给你！

王大拴　（没接钱）小二德子，什么生意这么好啊？现大洋不容易看到啊！

小二德子　念书去了！

王大拴　把“一”字都念成扁担，你念什么书啊？

小二德子　（拿起桌上的壶来，对着壶嘴喝了一气，低声说）

市党部派我去的，法政学院。没当过这么美的差事，太美，太过瘾！比在天桥好的多！打一个学生，五毛现洋！昨天揍了几个来着？

王大拴　六个。

小二德子　对！里边还有两个女学生！一拳一拳地下去，太美，太过瘾！大拴哥，你摸摸，摸摸！（伸臂）铁筋洋灰的！用这个揍男女学生，你想想，美不美？

王大拴　他们就那么老实，乖乖地叫你打？

小二德子　我专找老实的打呀！你当我是傻子哪？

王大拴　小二德子，听我说，打人不对！

小二德子　可也难说！你看教党义的那个教务长，上课先把手枪拍在桌上，我不过抡抡拳头，没动手枪啊！

王大拴　什么教务长啊，流氓！

小二德子　对！流氓！不对，那我也是流氓喽！大拴哥，你怎么绕着脖子骂我呢？大拴哥，你有骨头！不怕我这铁筋洋灰的胳臂！

王大拴　你就是把我打死，我不服你还是不服你，不是吗？

小二德子　喝，这么绕脖子的话，你怎么想出来的？大拴哥，你应当去教党义，你有文才！好啦，反正今天我不再打学生！

王大拴　干吗光是今天不打？永远不打才对！

小二德子　不是今天我另有差事吗？

王大拴　什么差事？

小二德子　今天打教员！

王大拴　干吗打教员？打学生就不对，还打教员？

小二德子　上边怎么交派，我怎么干！他们说，教员要罢课。罢课就是不老实，不老实就得揍！他们叫我上这儿等着，看见教员就揍！

邹福远　（嗅出危险）师弟，咱们走吧！

卫福喜　走！（同邹福远下）

小二德子　大拴哥，你拿着这块钱吧！

王大拴　打女学生的钱，我不要！

小二德子　（另拿一块）换换，这块是打男学生的，行了吧？（看王大拴还是摇头）这么办，你替我看着点。我出去买点好吃的，请请你，活着还不为吃点喝点老三点吗？（收起现洋，下）

〔康顺子提着小包出来。王利发与周秀花跟着。

康顺子　王掌柜，你要是改了主意，不让我走，我还可以不走！

王利发　我……

周秀花　庞四奶奶也未必敢砸茶馆！

王利发　你怎么知道？三皇道是好惹的？

康顺子　我顶不放心的还是大力的事！只要一走漏了消息，大家全完！那比砸茶馆更厉害！

王大拴　大婶，走！我送您去！爸爸，我送送她老人家，可以吧？

王利发　嗯——

周秀花　大婶在这儿受了多少年的苦，帮了咱们多少忙，还不应当送送？

王利发　我并没说不叫他送！送！送！

王大拴　大婶，等等，我拿件衣服去。（下）

周秀花　爸，您怎么啦？

王利发　别再问我什么，我心里乱！一辈子没这么乱过！媳妇，你先陪大婶走，我叫老大追你们！大婶，外边不行啊，就还回来！

周秀花　老太太，这儿永远是您的家！

王利发　可谁知道也许……

康顺子　我也不会忘了你们！老掌柜，你硬硬朗朗的吧！（同周秀花下）

王利发　（送了两步，立住）硬硬朗朗的干什么呢？

〔谢勇仁和于厚斋进来。

谢勇仁　（看看墙上，先把茶钱放在桌上）老人家，沏一壶来。（坐）

王利发　（先收钱）好吧。

于厚斋　勇仁，这恐怕是咱们末一次坐茶馆了吧？

谢勇仁　以后我倒许常来。我决定改行，去蹬三轮儿！

于厚斋　蹬三轮一定比当小学教员强！

谢勇仁　我偏偏教体育，我饿，学生们饿，还要运动，不是笑话吗？

〔王小花跑进来。

王利发　小花，怎这么早就下了学呢？

王小花　老师们罢课啦！（看见于厚斋、谢勇仁）于老师，谢老师！你们都没上学去，不教我们啦？还教我们吧！见不着老师，同学们都哭啦！我们开了个会，商量好，以后一定都守规矩，不招老师们生气！

于厚斋　小花！老师们也不愿意耽误了你们的功课。可是，吃不上饭，怎么教书呢？我们家里也有孩子，为教别人的孩子，叫自己的孩子挨饿，不是不公道吗？好孩子，别着急，喝完茶，我们开会去，也许能想出点办法来！

谢勇仁　好好在家温书，别乱跑去，小花！

〔王大拴由后面出来，夹着个小包。

王小花　爸，这是我的两位老师！

王大拴　老师们，快走！他们埋伏下了打手！

王利发　谁？

王大拴　小二德子！他刚出去，就回来！

王利发　二位先生，茶钱退回，（递钱）请吧！快！

王大拴　随我来！

〔小二德子上。

小二德子　街上有游行的，他妈的什么也买不着！大拴哥，你上哪儿？这俩是谁？

王大拴　喝茶的！（同于厚斋、谢勇仁往外走）

小二德子　站住！（三人还走）怎么？不听话？先揍了再说！

王利发　小二德子！

小二德子　（拳已出去）尝尝这个！

谢勇仁　（上面一个嘴巴，下面一脚）尝尝这个！

小二德子　哎哟！（倒下）

王小花　该！该！

谢勇仁　起来，再打！

小二德子　（起来，捂着脸）喝！喝！（往后退）喝！

王大拴　快走！（扯二人下）

小二德子　（迁怒）老掌柜，你等着吧，你放走了他们，待会儿我跟你算账！打不了他们，还打不了你这个糟老头子吗？（下）

王小花　爷爷，爷爷！小二德子追老师们去了吧？那可怎么好！

王利发　他不敢！这路人我见多了，都是软的欺，硬的怕！

王小花　他要是回来打您呢？

王利发　我？爷爷会说好话呀。

王小花　爸爸干什么去了？

王利发　出去一会儿，你甭管！上后面温书去吧，乖！

王小花　老师们可别吃了亏呀，我真不放心！（下）

〔丁宝跑进来。

丁　宝　老掌柜，老掌柜！告诉你点事！

王利发　说吧，姑娘！

丁　宝　小刘麻子呀，没安着好心，他要霸占这个茶馆！

王利发　怎么霸占？这个破茶馆还值得他们霸占？

丁　宝　待会儿他们就来，我没工夫细说，你打个主意吧！

王利发　姑娘，我谢谢你！

丁　宝　我好心好意来告诉你，你可不能卖了我呀！

王利发　姑娘，我还没老糊涂了！放心吧！

丁　宝　好！待会儿见！（下）

〔周秀花回来。

周秀花　爸，他们走啦。

王利发　好！

周秀花　小花的爸说，叫您放心，他送到了地方就回来。

王利发　回来不回来都随他的便吧！

周秀花　爸，您怎么啦？干吗这么不高兴？

王利发　没事！没事！看小花去吧。她不是想吃热汤面吗？要是还有点面的话，给她作一碗吧，孩子怪可怜的，什么也吃不着！

周秀花　一点白面也没有！我看看去，给她作点杂和面疙瘩汤

吧!(下)

〔小唐铁嘴回来。

小唐铁嘴　王掌柜，说好了吗?

王利发　晚上，晚上一定给你回话!

小唐铁嘴　王掌柜，你说我爸爸白喝了一辈子的茶，我送你几句救命的话，算是替他还账吧。告诉你，三皇道现在比日本人在这儿的时候更厉害，砸你的茶馆比砸个砂锅还容易!你别太大意了!

王利发　我知道!你既买我的好，又好去对娘娘表表功!是吧?

〔小宋恩子和小吴祥子进来，都穿着新洋服。

小唐铁嘴　二位，今天可够忙的?

小宋恩子　忙得厉害!教员们大暴动!

王利发　二位，“罢课”改了名儿，叫“暴动”啦?

小唐铁嘴　怎么啦?

小吴祥子　他们还能反到天上去吗?到现在为止，已经抓了一百多，打了七十几个，叫他们反吧!

小宋恩子　太不知好歹!他们老老实实的，美国会送来大米、白面嘛!

小唐铁嘴　就是!二位，有大米、白面，可别忘了我!以后，给大家的坟地看风水，我一定尽义务!好!二位忙吧!(下)

小吴祥子　你刚才问，“罢课”改叫“暴动”啦？王掌柜！

王利发　岁数大了，不懂新事，问问！

小宋恩子　哼！你就跟他们是一路货！

王利发　我？您太高抬我啦！

小吴祥子　我们忙，没工夫跟你废话，说干脆的吧！

王利发　什么干脆的？

小宋恩子　教员们暴动，必有主使的人！

王利发　谁？

小吴祥子　昨天晚上谁上这儿来啦？

王利发　康大力！

小宋恩子　就是他！你把他交出来吧！

王利发　我要是知道他是哪路人，还能够随便说出来吗？我跟你们的爸爸打交道多少年，还不懂这点道理？

小吴祥子　甭跟我们拍老腔，说真的吧！

王利发　交人还是拿钱，对吧？

小宋恩子　你真是我爸爸教出来的！对啦，要是不交人，就把你的金条拿出来！别的铺子都随开随倒，你可混了这么多年，必定有点底！

〔小二德子匆匆跑来。

小二德子　快走！街上的人不够用啦！快走！

小吴祥子　你小子管干吗的？

小二德子　我没闲着，看，脸都肿啦！

小宋恩子　掌柜的，我们马上回来，你打主意吧！

王利发　不怕我跑了吗？

小吴祥子　老梆子，你真逗气儿！你跑到阴间去，我们也会把你抓回来！（打了王利发一掌，同小宋恩子、小二德子下）

王利发　（向后叫）小花！小花的妈！

周秀花　（同王小花跑出来）我都听见了！怎么办？

王利发　快走！追上康妈妈！快！

王小花　我拿书包去！（下）

周秀花　拿上两件衣裳，小花！爸，剩您一个人怎么办？

王利发　这是我的茶馆，我活在这儿，死在这儿！

〔王小花挎着书包，夹着点东西跑回来。

周秀花　爸爸！

王小花　爷爷！

王利发　都别难过，走！（从怀里掏出所有的钱和一张旧相片）媳妇，拿着这点钱！小花，拿着这个，老裕泰三十年前的相片，交给你爸爸！走吧！

〔小刘麻子同丁宝回来。

小刘麻子　小花，教员罢课，你住姥姥家去呀？

王小花　对啦！

王利发　（假意地）媳妇，早点回来！

周秀花　爸，我们住两天就回来！（同王小花下）

小刘麻子　王掌柜，好消息！沈处长批准了我的计划！

王利发　大喜，大喜！

小刘麻子　您也大喜，处长也批准修理这个茶馆！我一说，处长说好！他呀老把“好”说成“蒿”，特别有个洋味儿！

王利发　都是怎么一回事？

小刘麻子　从此你算省心了！这儿全属我管啦，你搬出去！我先跟你说好了，省得以后你麻烦我！

王利发　那不能！凑巧，我正想搬家呢。

丁　宝　小刘，老掌柜在这儿多少年啦，你就不照顾他一点吗？

小刘麻子　看吧！我办事永远厚道！王掌柜，我接处长去，叫他看看这个地方。你把这儿好好收拾一下！小丁宝，你把小心眼找来，迎接处长！带点香水，好好喷一气，这里臭哄哄的！走！（同丁宝下）

王利发　好！真好！太好！哈哈哈！

〔常四爷提着小筐进来，筐里有些纸钱和花生米。他虽年过七十，可是腰板还不太弯。

常四爷　什么事这么好哇，老朋友！

王利发　哎哟！常四爷！我正想找你这么一个人说说话儿呢！我沏一壶顶好的茶来，咱们喝喝！（去沏茶）

〔秦仲义进来。他老的不像样子了，衣服也破旧不堪。

秦仲义　王掌柜在吗？

常四爷　在！您是……

秦仲义　我姓秦。

常四爷　秦二爷！

王利发　（端茶来）谁？秦二爷？正想去告诉您一声，这儿要大改良！坐！坐！

常四爷　我这儿有点花生米，（抓）喝茶吃花生米，这可真是个乐子！

秦仲义　可是谁嚼得动呢？

王利发　看多么邪门，好容易有了花生米，可全嚼不动！多么可笑！怎样啊？秦二爷！（都坐下）

秦仲义　别人都不理我啦，我来跟你说说：我到天津去了一趟，看看我的工厂！

王利发　不是没收了吗？又物归原主啦？这可是喜事！

秦仲义　拆了！

常四爷
王利发　拆了？

秦仲义　拆了！我四十年的心血啊，拆了！别人不知道，王掌柜你知道：我从二十多岁起，就主张实业救国。到而今……抢去我的工厂，好，我的势力小，干不过他们！可倒好好地办哪，那是富国裕民的事业呀！结果，拆了，机器都当碎铜烂铁卖了！全世界，全世界找得到这样的政府找不到？我问你！

王利发　当初，我开的好好的公寓，您非盖仓库不可。看，仓库查封，货物全叫他们偷光！当初，我劝您别把财产都出手，您非都卖了开工厂不可！

常四爷　还记得吧？当初，我给那个卖小妞的小媳妇一碗面吃，您还说风凉话呢。

秦仲义　现在我明白了！王掌柜，求您一件事吧：（掏出一二机器小零件和一枝钢笔管来）工厂拆平了，这是我由那儿捡来的小东西。这枝笔上刻着我的名字呢，它知道，我用它签过多少张支票，写过多少计划书。我把它们交给你，没事的时候，你可以跟喝茶的人们当个笑话谈谈，你说呀：当初有那么一个不知好歹的秦某人，爱办实业。办了几十年，临完他只由工厂的土堆里捡回来这么点小东西！你应当劝告大家，有钱哪，就该吃喝嫖赌，胡作非为，可千万别干好事！告诉他们哪，秦某人七十多岁了才明白这点大道理！他是天生来的笨蛋！

王利发　您自己拿着这枝笔吧，我马上就搬家啦！

常四爷　搬到哪儿去？

王利发　哪儿不一样呢！秦二爷，常四爷，我跟你们不一样：二爷财大业大心胸大，树大可就招风啊！四爷你，一辈子不服软，敢作敢当，专打抱不平。我呢，作了一辈子顺民，见谁都请安、鞠躬、作揖。我只盼着呀，孩子们有出息，冻不着，饿不着，没灾没病！可是，日本人在这儿，二拴子逃跑啦，老婆想儿子想死啦！好容易，日本人走啦，该缓一口气了吧？谁知道，（惨笑）哈哈，哈哈，哈哈！

常四爷　我也不比你强啊！自食其力，凭良心干了一辈子啊，我一事无成！七十多了，只落得卖花生米！个人算什么呢，我盼哪，盼哪，只盼国家像个样儿，不受外国人欺侮。可是……哈哈！

秦仲义　日本人在这儿，说什么合作，把我的工厂就合作过去了。咱们的政府回来了，工厂也不怎么又变成了逆产。仓库里（指后边）有多少货呀，全完！哈哈！

王利发　改良，我老没忘改良，总不肯落在人家后头。卖茶不行啊，开公寓。公寓没啦，添评书！评书也不叫座儿呀，好，不怕丢人，想添女招待！人总得活着吧？我变尽了方法，不过是为活下去！是呀，该贿赂的，我就递包袱。我可没有作过缺德的事，伤天害理的事，为什么就不叫我活着呢？我得罪了谁？谁？皇上，娘娘那些狗男女都活得有滋有味的，单不许我吃窝窝头，谁出的主意？

常四爷　盼哪，盼哪，只盼谁都讲理，谁也不欺侮谁！可是，眼看着老朋友们一个个的不是饿死，就是叫人家杀了，我呀就是有眼泪也流不出来喽！松二爷，我的朋友，饿死啦，连棺材还是我给他化缘化来的！他还有我这么个朋友，给他化了一口四块板的棺材；我自己呢？我爱咱们的国呀，可是谁爱我呢？看，（从筐中拿出些纸钱）遇见出殡的，我就捡几张纸钱。没有寿衣，没有棺材，我只好给自己预备下点纸钱吧，哈哈，哈哈！

秦仲义　四爷，让咱们祭奠祭奠自己，把纸钱撒起来，算咱们三个老头子的吧！

王利发　对！四爷，照老年间出殡的规矩，喊喊！

常四爷　（立起，喊）四角儿的跟夫，本家赏钱一百二十吊！（撒起几张纸钱）[①]

秦仲义
王利发　一百二十吊！

秦仲义　（一手拉住一个）我没的说了，再见吧！（下）

王利发　再见！

常四爷　再喝你一碗！（一饮而尽）再见！（下）

王利发　再见！

---

① 三四十年前，北京富人出殡，要用三十二人、四十八人或六十四人抬棺材，也叫抬杠。另有四位杠夫拿着拨旗，在四角跟随。杠夫换班须注意拨旗，以便进退有序；一班也叫一拨儿。起杠时和路祭时，领杠者须喊“加钱”——本家或姑奶奶赏给杠夫酒钱。加钱数目须夸大地喊出。在喊加钱时，有人撒起纸钱来。

〔丁宝与小心眼进来。

丁　宝　他们来啦，老大爷！（往屋中喷香水）

王利发　好，他们来，我躲开！（捡起纸钱，往后边走）

小心眼　老大爷，干吗撒纸钱呢？

王利发　谁知道！（下）

〔小刘麻子进来。

小刘麻子　来啦！一边一个站好！

〔丁宝、小心眼分左右在门内立好。

〔门外有汽车停住声，先进来两个宪兵。沈处长进来，穿军便服；高靴，带马刺；手执小鞭。后面跟着二宪兵。

沈处长　（检阅似的，看丁宝、小心眼，看完一个说一声）好（蒿）！

〔丁宝摆上一把椅子，请沈处长坐。

小刘麻子　报告处长，老裕泰开了六十多年，九城闻名，地点也好，借着这个老字号，作我们的一个据点，一定成功！我打算照旧卖茶，派（指）小丁宝和小心眼作招待。有我在这儿监视着三教九流，各色人等，一定能够得到大量的情报，捉拿共产党！

沈处长　好（蒿）！

〔丁宝由宪兵手里接过骆驼牌烟，上前献烟；小心眼接过打火机，点烟。

小刘麻子 后面原来是仓库，货物已由处长都处理了，现在空着。我打算修理一下，中间作小舞厅，两旁布置几间卧室，都带卫生设备。处长清闲的时候，可以来跳跳舞，玩玩牌，喝喝咖啡。天晚了，高兴住下，您就住下。这就算是处长个人的小俱乐部，由我管理，一定要比公馆里洒脱一点，方便一点，热闹一点！

沈处长 好（蒿）！

丁 宝 处长，我可以请示一下吗？

沈处长 好（蒿）！

丁 宝 这儿的老掌柜怪可怜的。好不好给他作一身制服，叫他看看门，招呼贵宾们上下汽车？他在这儿几十年了，谁都认识他，简直可以算是老头儿商标！

沈处长 好（蒿）！传！

小刘麻子 是！（往后跑）王掌柜！老掌柜！我爸爸的老朋友，老大爷！（入。过一会儿又跑回来）报告处长，他也不是怎么上了吊，吊死啦！

沈处长 好（蒿）！好（蒿）！

——幕落·全剧终

附 录

此剧幕与幕之间须留较长时间，以便人物换装，故拟由一人（也算剧中人）唱几句快板，使休息时间不显着过长，同时也可以略略介绍剧情。

第一幕　幕前

（我）大傻杨，打竹板儿，一来来到大茶馆儿。
大茶馆，老裕泰，生意兴隆真不赖。
茶座多，真热闹，也有老来也有少；
有的说，有的唱，穿章打扮一人一个样；
有提笼，有架鸟，蛐蛐蝈蝈也都养的好；
有的吃，有的喝，没有钱的只好白瞧着。
爱下棋，（您）来两盘儿，赌一卖（碟）干炸丸子外洒胡椒盐儿。
讲排场，讲规矩，咳嗽一声都像唱大戏。
有一样，听我说：莫谈国事您得老记着。
哼！国家事（可）不好了，黄龙旗子一天倒比一天威风小。
文武官，有一宝，见着洋人赶快跑。
外国货，堆成山，外带贩卖鸦片烟。
最苦是，乡村里，没吃没穿逼得卖儿女。
官儿阔，百姓穷，朝中出了一个谭嗣同，
讲维新，主意高，还有那康有为和梁启超。
这件事，闹得凶，气得太后咬牙切齿直哼哼。

她要杀，她要砍，讲维新的都是要造反。

这些事，别多说，说着说着就许掉脑壳。

〔幕徐启。大傻杨入茶馆。

打竹板，迈大步，走进茶馆找主顾。

哪位爷，愿意听，《辕门斩子》来了穆桂英。

〔王利发来干涉。

王掌柜，大发财，金银元宝一齐来。

您有钱，我有嘴，数来宝的是穷鬼。（下）

第二幕　幕前

打竹板，我又来，数来宝的不是没发财。

现而今，到民国，剪了小辫还是没有辙。

王掌柜，动脑筋，事事改良讲维新。

（低声）动脑筋，白费力，胳臂拧不过大腿去。

闹军阀，乱打仗，白脸的进去黑脸的上，

赵打钱，孙打李，赵钱孙李乱打一炮谁都不讲理。

为打仗，要枪炮，一堆一堆给洋人老爷送钞票。

为卖炮，为卖枪，帮助军阀你占黄河他占扬子江。

老百姓，遭了殃，大兵一到粮食牲口一扫光。

王掌柜，会改良，茶馆好像大学堂，

后边住，大学生，说话文明真好听。

就怕呀，兵野蛮，进来几个茶馆就玩完。

先别说，丧气话，给他道喜是个好办法。

他开张，我道喜，编点新词我也了不起。（下）

（又上）老裕泰，大改良，万事亨通一天准比一天强。

〔王利发　今天不打发，明天才开张哪。

明天好，明天妙，金银财宝齐来到。

〔炮响。

您开张，他开炮，明天准唱《趴蜡庙》。

〔王利发　去你的吧！

〔傻杨下。

第三幕　幕前

树木老，叶儿稀，人老毛腰把头低。

甭说我，混不了，王掌柜的也过不好。

(他) 钱也光，人也老，身上剩了一件破棉袄。

自从那，日本兵，八年占据老北京。

人人苦，没法提，不死也掉一层皮。

好八路，得人心，一阵一阵杀退日本军。

盼星星，盼月亮，盼到胜利大家有希望。

(哼) 国民党，进北京，横行霸道一点不让日本兵。

王掌柜，委屈多，跟我一样半死半活着。

老茶馆，破又烂，想尽法子也没法办。

天可怜，地可怜，就是官老爷有洋钱。（下）

〔王掌柜死后，傻杨再上，见小丁宝正在落泪。

小姑娘，别这样，黑到头儿天会亮。

小姑娘，别发愁，西山的泉水向东流。

苦水去，甜水来，谁也不再作奴才。

小说

断魂枪

沙子龙的镳局已改成客栈。

东方的大梦没法子不醒了。炮声压下去马来与印度野林中的虎啸。半醒的人们，揉着眼，祷告着祖先与神灵；不大会儿，失去了国土、自由与主权。门外立着不同面色的人，枪口还热着。他们的长矛毒弩，花蛇斑彩的厚盾，都有什么用呢；连祖先与祖先所信的神明全不灵了啊！龙旗的中国也不再神秘，有了火车呀，穿坟过墓破坏着风水。枣红色多穗的镳旗，绿鲨皮鞘的钢刀，响着串铃的口马[①]，江湖上的智慧与黑话，义气与声名，连沙子龙，他的武艺、事业，都梦似的变成昨夜的。今天是火车、快枪，通商与恐怖。听说，有人还要杀下皇帝的头呢！

这是走镳已没有饭吃，而国术还没被革命党与教育家提倡起来的时候。

---

① 口马，指张家口外的马匹。

谁不晓得沙子龙是短瘦、利落、硬棒，两眼明得像霜夜的大星？可是，现在他身上放了肉。镳局改了客栈，他自己在后小院占着三间北房，大枪立在墙角，院子里有几只楼鸽。只是在夜间，他把小院的门关好，熟习熟习他的“五虎断魂枪”。这条枪与这套枪，二十年的工夫，在西北一带，给他创出来“神枪沙子龙”五个字，没遇见过敌手。现在，这条枪与这套枪不会再替他增光显胜了；只是摸摸这凉、滑、硬而发颤的杆子，使他心中少难过一些而已。只有在夜间独自拿起枪来，才能相信自己还是“神枪沙”。在白天，他不大谈武艺与往事；他的世界已被狂风吹了走。

在他手下创练起来的少年们还时常来找他。他们大多数是没落子的，都有点武艺，可是没地方去用。有的在庙会上去卖艺：踢两趟腿，练套家伙，翻几个跟头，附带着卖点大力丸，混个三吊两吊的。有的实在闲不起了，去弄筐果子，或挑些毛豆角，赶早儿在街上论斤吆喝出去。那时候，米贱肉贱，肯卖膀子力气本来可以混个肚儿圆；他们可是不成：肚量既大，而且得吃口管事儿的[①]；干饽饽辣饼子[②]咽不下去。况且他们还时常去走会：五虎棍，开路，太狮少狮……虽然算不了什么——比起走镳来——可是到底有个机会活动活动，露露脸。是的，

① 管事儿的，有营养，吃了不至于不久又饿的。

② 辣饼子，剩下的隔夜干粮。

走会捧场是买脸的事，他们打扮得得像个样儿，至少得有条青洋绉裤子，新漂白细市布的小褂，和一双鱼鳞洒鞋——顶好是青缎子抓地虎靴子。他们是神枪沙子龙的徒弟——虽然沙子龙并不承认——得到处露脸，走会得赔上俩钱，说不定还得打场架。没钱，上沙老师那里去求。沙老师不含糊，多少不拘，不让他们空着手儿走。可是，为打架或献技去讨教一个招数，或是请给说个“对子”——什么空手夺刀，或虎头钩进枪——沙老师有时说句笑话，马虎过去：“教什么？拿开水浇吧！”有时直接把他们赶出去。他们不大明白沙老师是怎么了，心中也有点不乐意。

可是，他们到处为沙老师吹腾，一来是愿意使人知道他们的武艺有真传授，受过高人的指教；二来是为激动沙老师：万一有人不服气而找上老师来，老师难道还不露一两手真的吗？所以：沙老师一拳就砸倒了个牛！沙老师一脚把人踢到房上去，并没使多大的劲！他们谁也没见过这种事，但是说着说着，他们相信这是真的了，有年月，有地方，千真万确，敢起誓！

王三胜——沙子龙的大伙计——在土地庙拉开了场子，摆好了家伙。抹了一鼻子茶叶末色的鼻烟，他抡了几下竹节钢鞭，把场子打大一些。放下鞭，没向四周作揖，叉着腰念了两句：“脚踢天下好汉，拳打五路英雄！”向四围扫了一眼：“乡亲们，王三胜不是卖艺的；玩艺儿会几套，西北路上走过镖，会过绿林中的朋友。现在闲着没事，拉个场子陪诸位玩玩。有爱练的尽管下来，王三胜以武会友，有赏脸的，我陪着。神枪沙子龙是我的师傅；玩艺地道！诸位，有愿下来的没有？”他看着，准知道没人敢下来，他的话硬，可是那条钢鞭更硬，十八斤重。

王三胜，大个子，一脸横肉，努着对大黑眼珠，看着四围。大家不出声。他脱了小褂，紧了紧深月白色的“腰里硬”，把肚子杀进去。给手心一口唾沫，抄起大刀来：

“诸位，王三胜先练趟瞧瞧。不白练，练完了，带着的扔几个；没钱，给喊个好，助助威。这儿没生意口。好，上眼[①]！”

大刀靠了身，眼珠努出多高，脸上绷紧，胸脯子鼓出，像两块老桦木根子。一跺脚，刀横起，大红缨子在肩前摆动。削砍劈拨，蹲越闪转，手起风生，忽忽直响。忽然刀在右手心上旋转，身弯下去，四围鸦雀无声，只有缨铃轻叫。刀顺过来，猛地一个“跺泥”，身子直挺，比众人高着一头，黑塔似的。收了势：“诸位！”一手持刀，一手叉腰，看着四围。稀稀的扔下几个铜钱，他点点头。“诸位！”他等着，等着，地上依旧是那几个亮而削薄的铜钱，外层的人偷偷散去。他咽了口气：“没人懂！”他低声地说，可是大家全听见了。

① 上眼，请观众注意看。

“有功夫！”西北角上一个黄胡子老头儿答了话。

“啊？”王三胜好似没听明白。

“我说：你——有——功——夫！”老头子的语气很不得人心。

放下大刀，王三胜随着大家的头往西北看。谁也没看重这个老人：小干巴个儿，披着件粗蓝布大衫，脸上窝窝瘪瘪，眼陷进去很深，嘴上几根细黄胡，肩上扛着条小黄草辫子，有筷子那么细，而绝对不像筷子那么直顺。王三胜可是看出这老家伙有功夫，脑门亮，眼睛亮——眼眶虽深，眼珠可黑得像两口小井，深深地闪着黑光。王三胜不怕：他看得出别人有功夫没有，可更相信自己的本事，他是沙子龙手下的大将。

“下来玩玩，大叔！”王三胜说得很得体。

点点头，老头儿往里走。这一走，四外全笑了。他的胳臂不大动；左脚往前迈，右脚随着拉上来，一步步地往前拉扯，身子整着[①]，像是患过瘫痪病。蹭到场中，把大衫扔在地上，一点没理会四围怎样笑他。

“神枪沙子龙的徒弟，你说？好，让你使枪吧；我呢？”老头子非常地干脆，很像久想动手。

人们全回来了，邻场耍狗熊的无论怎么敲锣也不中用了。

“三截棍进枪吧？”王三胜要看老头子一手，三截棍不是

---

① 身子整着，两臂不动，身体僵硬地走路。

随便就拿得起来的家伙。

老头子又点点头，拾起家伙来。

王三胜努着眼，抖着枪，脸上十分难看。

老头子的黑眼珠更深更小了，像两个香火头，随着面前的枪尖儿转，王三胜忽然觉得不舒服，那俩黑眼珠似乎要把枪尖吸进去！四外已围得风雨不透，大家都觉出老头子确是有威。为躲那对眼睛，王三胜耍了个枪花。老头子的黄胡子一动："请！"王三胜一扣枪，向前躬步，枪尖奔了老头子的喉头去，枪缨打了一个红旋。老人的身子忽然活展了，将身微偏，让过枪尖，前把一挂，后把撩王三胜的手。啪，啪，两响，王三胜的枪撒了手。场外叫了好。王三胜连脸带胸口全紫了，抄起枪来；一个花子，连枪带人滚了过来，枪尖奔了老人的中部。老头子的眼亮得发着黑光；腿轻轻一屈，下把掩裆，上把打着刚要抽回的枪杆；啪，枪又落在地上。

场外又是一片彩声。王三胜流了汗，不再去拾枪，努着眼，木在那里。老头子扔下家伙，拾起大衫，还是拉拉着腿，可是走得很快了。大衫搭在臂上，他过来拍了王三胜一下："还得练哪，伙计！"

"别走！"王三胜擦着汗："你不离，姓王的服了！可有一样，你敢会会沙老师？"

"就是为会他才来的！"老头子的干巴脸上皱起点来，似乎是笑呢，"走；收了吧；晚饭我请！"

王三胜把兵器拢在一处，寄放在变戏法二麻子那里，陪着老头子往庙外走。后面跟着不少人，他把他们骂散了。

“你老贵姓?”他问。

“姓孙哪。”老头子的话与人一样，都那么干巴，“爱练；久想会会沙子龙。”

沙子龙不把你打扁了！王三胜心里说。他脚底下加了劲，可是没把孙老头落下。他看出来，老头子的腿是老走着查拳门中的连跳步；交起手来，必定很快。但是，无论他怎么快，沙子龙是没对手的。准知道孙老头要吃亏，他心中痛快了些，放慢了些脚步。

“孙大叔贵处?”

“河间的，小地方。”孙老者也和气了些，“月棍年刀一辈子枪，不容易见功夫！说真的，你那两手就不坏!”

王三胜头上的汗又回来了，没言语。

到了客栈，他心中直跳，唯恐沙老师不在家，他急于报仇。他知道老师不爱管这种事，师弟们已碰过不少回钉子，可是他相信这回必定行，他是大伙计，不比那些毛孩子；再说，人家在庙会上点名叫阵，沙老师还能丢这个脸吗?

“三胜，”沙子龙正在床上看着本《封神榜》，“有事吗?”

三胜的脸又紫了，嘴唇动着，说不出话来。

沙子龙坐起来：“怎么了，三胜?”

“栽了跟头!”

只打了个不甚长的哈欠，沙老师没别的表示。

王三胜心中不平，但是不敢发作；他得激动老师："姓孙的一个老头儿，门外等着老师呢；把我的枪，枪，打掉了两次！"他知道"枪"字在老师心中有多大分量。没等吩咐，他慌忙跑出去。

客人进来，沙子龙在外间屋等着呢。彼此拱手坐下，他叫三胜去泡茶。三胜希望两个老人立刻交了手，可是不能不沏茶去。孙老者没话讲，用深藏着的眼睛打量沙子龙。沙很客气：

"要是三胜得罪了你，不用理他，年纪还轻。"

孙老者有些失望，可也看出沙子龙的精明。他不知怎样好了，不能拿一个人的精明断定他的武艺。"我来领教领教枪法！"他不由地说出来。

沙子龙没接碴儿。王三胜提着茶壶走进来——急于看二人动手，他没管水开了没有，就沏在壶中。

"三胜，"沙子龙拿起个茶碗来，"去找小顺们去，天汇见，陪孙老者吃饭。"

"什么！"王三胜的眼珠几乎掉出来。看了看沙老师的脸，他敢怒而不敢言地说了声"是啦"，走出去，撅着大嘴。

"教徒弟不易！"孙老者说。

"我没收过徒弟。走吧，这个水不开！茶馆去喝，喝饿了就吃。"沙子龙从桌子上拿起缎子褡裢，一头装着鼻烟壶，一头装着点钱，挂在腰带上。

“不，我还不饿！”孙老者很坚决，两个“不”字把小辫从肩上抡到后边去。

“说会子话儿。”

“我来为领教领教枪法。”

“功夫早搁下了，”沙子龙指着身上，“已经放了肉！”

“这么办也行，”孙老者深深地看了沙老师一眼，“不比武，教给我那趟五虎断魂枪。”

“五虎断魂枪？”沙子龙笑了，“早忘干净了！早忘干净了！告诉你，在我这儿住几天，咱们各处逛逛，临走，多少送点盘缠。”

“我不逛，也用不着钱，我来学艺！”孙老者立起来，“我练趟给你看看，看够得上学艺不够！”一屈腰已到了院中，把楼鸽都吓飞起去。拉开架子，他打了趟查拳：腿快，手飘洒，一个飞脚起去，小辫儿飘在空中，像从天上落下来一个风筝；快之中，每个架子都摆得稳、准，利落；来回六趟，把院子满都打到，走得圆，接得紧，身子在一处，而精神贯串到四面八方。抱拳收势，身儿缩紧，好似满院乱飞的燕子忽然归了巢。

“好！好！”沙子龙在台阶上点着头喊。

“教给我那趟枪！”孙老者抱了抱拳。

沙子龙下了台阶，也抱着拳：“孙老者，说真的吧，那条枪和那套枪都跟我入棺材，一齐入棺材！”

“不传？”

“不传!”

孙老者的胡子嘴动了半天，没说出什么来。到屋里抄起蓝布大衫，拉拉着腿：“打搅了，再会!”

“吃过饭走!”沙子龙说。

孙老者没言语。

沙子龙把客人送到小门，然后回到屋中，对着墙角立着的大枪点了点头。

他独自上了天汇，怕是王三胜们在那里等着。他们都没有去。

王三胜和小顺们都不敢再到土地庙去卖艺，大家谁也不再为沙子龙吹胜；反之，他们说沙子龙栽了跟头，不敢和个老头儿动手；那个老头子一脚能踢死个牛。不要说王三胜输给他，沙子龙也不是他的对手。不过呢，王三胜到底和老头子见了个高低，而沙子龙连句硬话也没敢说。“神枪沙子龙”慢慢似乎被人们忘了。

夜静人稀，沙子龙关好了小门，一气把六十四枪刺下来；而后，拄着枪，望着天上的群星，想起当年在野店荒林的威风。叹一口气，用手指慢慢摸着凉滑的枪身，又微微一笑：“不传！不传!”

开市大吉

我，老王，和老邱，凑了点钱，开了个小医院。老王的夫人作护士主任，她本是由看护而高升为医生太太的。老邱的岳父是庶务兼会计。我和老王是这么打算好，假如老丈人报花账或是携款潜逃的话，我们俩就揍老邱；合着老邱是老丈人的保证金。我和老王是一党，老邱是我们后约的，我们俩总得防备他一下。办什么事，不拘多少人，总得分个党派，留个心眼。不然，看着便不大像回事儿。加上王太太，我们是三个打一个，假如必须打老邱的话。老丈人自然是帮助老邱喽，可是他年岁大了，有王太太一个人就可把他的胡子扯净了。老邱的本事可真是不错，不说屈心的话。他是专门割痔疮，手术非常的漂亮，所以请他合作。不过他要是找揍的话，我们也不便太厚道了。

我治内科，老王花柳，老邱专门痔漏兼外科，王太太是看护士主任兼产科，合着我们一共有四科。我们内科，老老实实的讲，是地道二五八。一分钱一分货，我们的内科收费可少呢。要敲是敲花柳与痔疮，老王和老邱是我们的希望。我和王太太不过是配搭，她就根本不是大夫，对于生产的经验她有一些，因为她自己生过两个小孩。至于接生的手术，反正我有太太决不叫她接生。可是我们得设产科，产科是最有利的。只要顺顺当当的产下来，至少也得住十天半月的；稀粥烂饭的对付着，住一天拿一天的钱。要是不顺顺当当的生产呢，那看事作事，临时再想主意。活人还能叫尿憋死？

我们开了张。"大众医院"四个字在大小报纸已登了一个半月。名字起的好——办什么赚钱的事儿，在这个年月，就是别忘了"大众"。不赚大众的钱，赚谁的？这不是真情实理吗？自然在广告上我们没这么说，因为大众不爱听实话的；我们说的是："为大众而牺牲，为同胞谋幸福。一切科学化，一切平民化，沟通中西医术，打破阶级思想。"真花了不少广告费，本钱是得下一些的。把大众招来以后，再慢慢收拾他们。专就广告上看，谁也不知道我们的医院有多么大。院图是三层大楼，那是借用近邻转运公司的相片，我们一共只有六间平房。

我们开张了。门诊施诊一个星期，人来的不少，还真是"大众"，我挑着那稍像点样子的都给了点各色的苏打水，不管害的是什么病。这样，延迟过一星期好正式收费呀；那真正老号的大众就干脆连苏打水也不给，我告诉他们回家洗洗脸再来，一脸的滋泥，吃药也是白搭。

忙了一天，晚上我们开了紧急会议，专替大众不行啊，得设法找“二众”。我们都后悔了，不该叫“大众医院”。有大众而没贵族，由哪儿发财去？医院不是煤油公司啊，早知道还不如干脆叫“贵族医院”呢。老邱把刀子沾了多少回消毒水，一个割痔疮的也没来！长痔疮的阔老谁能上“大众医院”来割？

老王出了主意：明天包一辆能驶的汽车，我们轮流的跑几趟，把二姥姥接来也好，把三舅母装来也行。一到门口看护赶紧往里搀，接上这么三四十趟，四邻的人们当然得佩服我们。

我们都很佩服老王。

“再赁几辆不能驶的。”老王接着说。

“干吗？”我问。

“和汽车行商量借给咱们几辆正在修理的车，在医院门口放一天。一会儿叫咕嘟一阵。上咱们这儿看病的人老听外面咕嘟咕嘟的响，不知道咱们又来了多少坐汽车的。外面的人呢，老看着咱们的门口有一队汽车，还不唬住？”

我们照计而行，第二天把亲戚们接了来，给他们碗茶喝，又给送走。两个女看护是见一个搀一个，出来进去，一天没住脚。那几辆不能活动而能咕嘟的车由一天亮就运来了，五分钟一阵，轮流的咕嘟，刚一出太阳就围上一群小孩。我们给汽车队照了个相，托人给登晚报。老邱的丈人作了篇八股，形容汽车往来的盛况。当天晚上我们都没能吃饭，车咕嘟得太厉害了，大家都有点头晕。

不能不佩服老王，第三天刚一开门，汽车，进来位军官。

老王急于出去迎接，忘了屋门是那么矮，头上碰了个大包。花柳；老王顾不得头上的包了，脸笑得一朵玫瑰似的，似乎再碰它七八个包也没大关系。三言五语，卖了一针六〇六。我们的两位女看护给军官解开制服，然后四只白手扶着他的胳臂，王太太过来先用小胖食指在针穴轻轻点了两下，然后老王才给用针。军官不知道东西南北了，看着看护一个劲儿说："得劲！得劲！得劲！"我在旁边说了话，再给他一针。老邱也是福至心灵，早预备好了——香片茶加了点盐。老王叫看护扶着军官的胳臂，王太太又过来用小胖食指点了点，一针香片下去了。军官还说得劲，老王这回是自动的又给了他一针龙井。我们的医院里吃茶是讲究的，老是香片龙井两着沏。两针茶，一针六〇六，我们收了他二十五块钱。本来应当是十元一针，因为三针，减收五元。我们告诉他还得接着来，有十次管保除根。反正我们有的是茶，我心里说。

把钱交了，军官还舍不得走，老王和我开始跟他瞎扯，我就夸奖他的不瞒着病——有花柳，赶快治，到我们这里来治，准保没危险。花柳是伟人病，正大光明，有病就治，几针六〇六，完了，什么事也没有。就怕像铺子里的小伙计，或是中学的学生，得了病藏藏掩掩，偷偷的去找老虎大夫，或是袖口来袖口去买私药——广告专贴在公共厕所里，非糟不可。军官非常赞同我的话，告诉我他已上过二十多次医院。不过哪一回也没有这一回舒服。我没往下接碴儿。

老王接过去，花柳根本就不算病，自要勤扎点六〇六。军官非常赞同老王的话，并且有事实为证——他老是不等完全好了便又接着去逛；反正再扎几针就是了。老王非常赞同军官的话，并且愿拉个主顾，军官要是长期扎针的话，他愿减收一半药费：五块钱一针。包月也行，一月一百块钱，不论扎多少针。军官非常赞同这个主意，可是每次得照着今天的样子办，我们都没言语，可是笑着点了点头。

军官汽车刚开走，迎头来了一辆，四个丫环搀下一位太太来。一下车，五张嘴一齐问：有特别房没有？我推开一个丫环，轻轻的托住太太的手腕，搀到小院中。我指着转运公司的楼房说，“那边的特别室都住满了。您还算得凑巧，这里——我指着我们的几间小房说——还有两间头等房，您暂时将就一下吧。其实这两间比楼上还舒服，省得楼上楼下的跑，是不是，老太太？”

老太太的第一句话就叫我心中开了一朵花，“唉，这还像个大夫——病人不为舒服，上医院来干吗？东生医院那群大夫，简直的不是人！”

“老太太，您上过东生医院？”我非常惊异的问。

“刚由那里来，那群王八羔子！”

乘着她骂东生医院——凭良心说，这是我们这里最大最好的医院——我把她搀到小屋里，我知道，我要是不引着她骂东生医院，她决不会住这间小屋，“您在那儿住了几天？”我问。

“两天；两天就差点要了我的命！”老太太坐在小床上。

我直用腿顶着床沿，我们的病床都好，就是上了点年纪，爱倒。“怎么上那儿去了呢？”我的嘴不敢闲着，不然，老太太一定会注意到我的腿的。

“别提了！一提就气我个倒仰——你看，大夫，我害的是胃病，他们不给我东西吃！”老太太的泪直要落下来。

“不给您东西吃？”我的眼都瞪圆了，“有胃病不给东西吃？蒙古大夫！就凭您这个年纪？老太太您有八十了吧？”

老太太的泪立刻收回去许多，微微的笑着：“还小呢。刚五十八岁。”

“和我的母亲同岁，她也是有时候害胃口疼！”我抹了抹眼睛，“老太太，您就在这儿住吧，我准把那点病治好了。这个病全仗着好保养，想吃什么就吃：吃下去，心里一舒服，病就减去几分，是不是，老太太？”

老太太的泪又回来了，这回是因为感激我，“大夫，你看，我专爱吃点硬的，他们偏叫我喝粥，这不是故意气我吗？”

“您的牙口好，正应当吃口硬的呀！”我郑重的说。

“我是一会儿一饿，他们非到时候不准我吃！”

“胡涂东西们！”

“半夜里我刚睡好，他们把小玻璃棍放在我嘴里，试什么度。”

“不知好歹!”

“我要便盆，那些看护说，等一等，大夫就来，等大夫查过病去再说!”

“该死的玩艺!”

“我刚挣扎着坐起来，看护说，躺下。”

“讨厌的东西!”

我和老太太越说越投缘，就是我们的屋子再小一点，大概她也不走了。爽性我也不再用腿顶着床了，即使床倒了，她也能原谅。

“你们这里也有看护呀?”老太太问。

“有，可是没关系，”我笑着说，“您不是带来四个丫环吗？叫她们也都住院就结了。您自己的人当然伺候的周到；我干脆不叫看护们过来，好不好?”

“那敢情好啦，有地方呀?”老太太好像有点过意不去了。

“有地方，您干脆包了这个小院吧。四个丫环之外，不妨再叫个厨子来，您爱吃什么吃什么。我只算您一个人的钱，丫环厨子都白住，就算您五十块钱一天。”

老太太叹了口气：“钱多少的没有关系，就这么办吧。春香，你回家去把厨子叫来，告诉他就手儿带两只鸭子来。”

我后悔了：怎么才要五十块钱呢？真想抽自己一顿嘴巴!

幸而我没说药费在内；好吧，在药费上找齐儿就是了；反正看这个来派，这位老太太至少有一个儿子当过师长。况且，她要是天天吃火烧夹烤鸭，大概不会三五天就出院，事情也得往长里看。

医院很有个样子了：四个丫环穿梭似的跑出跑入，厨师傅在院中墙根砌起一座炉灶，好像是要办喜事似的。我们也不客气，老太太的果子随便拿起就尝，全鸭子也吃它几块。始终就没人想起给她看病，因为注意力全用在看她买来什么好吃食。

老王和我总算开了张，老邱可有点挂不住了。他手里老拿着刀子。我都直躲他，恐怕他拿我试试手。老王直劝他不要着急，可是他太好胜，非也给医院弄个几十块不甘心。我佩服他这种精神。

吃过午饭，来了！割痔疮的！四十多岁，胖胖的，肚子很大。王太太以为他是来生小孩，后来看清他是男性，才把他让给老邱。老邱的眼睛都红了。三言五语，老邱的刀子便下去了。四十多岁的小胖子疼得直叫唤，央告老邱用点麻药。老邱可有了话：

“咱们没讲下用麻药哇！用也行，外加十块钱。用不用？快着！”

小胖子连头也没敢摇。老邱给他上了麻药。又是一刀，又停住了：“我说，你这可有管子，刚才咱们可没讲下割管子。还往下割不割？往下割的话，外加三十块钱。不的话，这就算完了。”

我在一旁，暗伸大指，真有老邱的！拿住了往下敲，是个办法！

四十多岁的小胖子没有驳回，我算计着他也不能驳回。老邱的手术漂亮，话也说得脆，一边割管子一边宣传：“我告诉你，这点事儿值得你二百块钱；不过，我们不敲人；治好了只求你给传传名。赶明天你有工夫的时候，不妨来看看。我这些家伙用四万五千倍的显微镜照，照不出半点微生物！”

胖子一声也没出，也许是气胡涂了。

老邱又弄了五十块。当天晚上我们打了点酒，托老太太的厨子给作了几样菜。菜的材料多一半是利用老太太的。一边吃一边讨论我们的事业，我们决定添设打胎和戒烟。老王主张暗中宣传检查身体，凡是要考学校或保寿险的，哪怕已经作下寿衣，预备下棺材，我们也把体格表填写得好好的；只要交五元的检查费就行。这一案也没费事就通过了。老邱的老丈人最后建议，我们匀出几块钱，自己挂块匾。老人出老办法。可是总算有心爱护我们的医院，我们也就没反对。老丈人已把匾文拟好——仁心仁术。陈腐一点，不过也还恰当。我们议决，第二天早晨由老丈人上早市去找块旧匾。王太太说，把匾油饰好，等门口有过娶妇的，借着人家的乐队吹打的时候，我们就挂匾。到底妇女的心细，老王特别显着骄傲。

不成问题的问题

任何人来到这里——树华农场——他必定会感觉到世界上并没有什么战争，和战争所带来的轰炸、屠杀，与死亡。专凭风景来说，这里真值得被称为乱世的桃源。前面是刚由一个小小的峡口转过来的江，江水在冬天与春天总是使人愿意跳进去的那么澄清碧绿。背后是一带小山。山上没有什么，除了一丛丛的绿竹矮树，在竹、树的空处往往露出赭色的块块儿，像是画家给点染上的。

小山的半腰里，那青青的一片，在青色当中露出一两块白墙和二三屋脊的，便是树华农场。江上的小渡口，离农场大约有半里地，小船上的渡客，即使是往相反的方向去的，也往往回转头来，望一望这美丽的地方。他们若上了那斜着的坡道，就必定向农场这里指指点点，因为树上半黄的橘柑，或已经红了的苹果，总是使人注意而想夸赞几声的。到春暖花开的时候，或遇到什么大家休假的日子，城里的士女有时候也把逛一逛树华农场作为一种高雅的举动，而这农场的美丽恐怕还多少地存在一些小文与短诗之中咧。

创办一座农场必定不是为看着玩的：那么，我们就不能专来谀赞风景而忽略更实际一些的事儿了。由实际上说，树华农场的用水是没有问题的，因为江就在它的脚底下。出品的运出也没有问题。它离重庆市不过三十多里路，江中可以走船，江边上也有小路。它的设备是相当可观的：有鸭鹅池、有兔笼、有花畦、有菜圃、有牛羊圈、有果园。鸭蛋、鲜花、青菜、水果、牛羊乳……都正是像重庆那样的都市所必需的东西。况且，它的创办正在抗战的那一年：重庆的人口，在抗战后，一天比一天多；所以需要的东西，像青菜与其他树华农场所产生的东西，自然的也一天比一天多。赚钱是没有问题的。

从渡口上的坡道往左走不远，就有一些还未完全风化的红石，石旁生着几丛细竹。到了竹丛，便到了农场的窄而明洁的石板路。离竹丛不远，相对的长着两株青松，松树上挂着两面粗粗刨平的木牌，白漆漆着“树华农场”。石板路边，靠江的这一面，都是花；使人能从花的各种颜色上，慢慢地把眼光移到碧绿的江水上面去。靠山的一面是许多直立的扇形的葡萄架，架子的后面是各种果树。走完了石板路，有一座不甚高，而相当宽的藤萝架，这便是农场的大门，横匾上刻着“树华”两个隶字。进了门，在绿草上，或碎石堆花的路上，往往能看见几片柔软而轻的鸭鹅毛，因为鸭鹅的池塘便在左手方。这里的鸭是纯白而肥硕的，真正的北平填鸭。对着鸭池是平平的一个坝子，满种着花草与菜蔬。在坝子的末端，被竹树掩覆着，是办公厅。这是相当坚固而十分雅致的一所两层的楼房，花果的香味永远充满了全楼的每一角落。牛羊圈和工人的草舍又在楼房的后边，时时有羊羔悲哀地啼唤。

这一些设备，教农场至少要用二十来名工人。可是，以它的生产能力，和出品销路的良好来说，除了一切开销，它还应当赚钱。无论是内行人还是外行人，只要看过这座农场，大概就不会想象到这是赔钱的事业。

然而，树华农场赔钱。

创办的时候，当然要往“里”垫钱。但是，鸡鸭、青菜、鲜花、牛羊乳，都是不需要很长的时间就可以在利润方面有些数目字的。按照行家的算盘上看，假若第二年还不十分顺利的话，至迟在第三年的开始就可以绝对地看赚了。

可是，树华农场的赔损是在创办后的第三年。在第三年首次股东会议的时候，场长与股东们都对着账簿发了半天的愣。

赔点钱，场长是绝不在乎的，他不过是大股东之一，而被大家推举出来作场长的。他还有许多比这座农场大的多的事业。可是，即使他对这小小的事业赔赚都不在乎，即使他一走到院中，看看那些鲜美的花草，就把赔钱的事忘得一干二净，他现在——在股东会上——究竟有点不大好过。他自信是把能手，他到处会赚钱，他是大家所崇拜的实业家。农场赔钱？这伤了他的自尊心。他赔点钱，股东他们赔点钱，都没有关系：

只是，下不来台！这比什么都要紧！

股东们呢，多数的是可以与场长立在一块儿呼兄唤弟的。他们的名望、资本、能力，也许都不及场长，可是在赔个万儿八千块钱上来说，场长要是沉得住气，他们也不便多出声儿。很少数的股东的确是想投了资，赚点钱，可是他们不便先开口质问，因为他们股子少，地位也就低，假若粗着脖子红着筋地发言，也许得罪了场长和大股东们——这，恐怕比赔点钱的损失还更大呢。

事实上，假若大家肯打开窗子说亮话，他们就可以异口同声地，确凿无疑地，马上指出赔钱的原因来。原因很简单，他们错用了人。场长，虽然是场长，是不能、不肯、不会、不屑于到农场来监督指导一切的。股东们也不会十趟八趟跑来看看的——他们只愿在开会的时候来作一次远足，既可以欣赏欣赏乡郊的景色，又可以和老友们喝两盅酒，附带地还可以露一露股东的身份。除了几个小股东，多数人接到开会的通知，就仿佛在箱子里寻找迎节当令该换的衣服的时候，偶然的发现了想不起怎么随手放在那里的一卷钞票——“啾，这儿还有点玩艺儿呢！”

农场实际负责任的人是丁务源，丁主任。

丁务源，丁主任，管理这座农场已有半年。农场赔钱就在这半年。

连场长带股东们都知道，假若他们脱口而出地说实话，他们就必定在口里说出“赔钱的原因在——”的时节，手指就确切无疑地伸出，指着丁务源！丁务源就在一旁坐着呢。

但是，谁的嘴也没动，手指自然也就无从伸出。

他们，连场长带股东，谁没吃过农场的北平大填鸭，意大利种的肥母鸡，琥珀心的松花，和大得使儿童们跳起来的大鸡蛋鸭蛋？谁的瓶里没有插过农场的大枝的桂花、腊梅、红白梅花，和大朵的起楼子的芍药、牡丹与茶花？谁的盘子里没有盛过使男女客人们赞叹的山东大白菜，绿得像翡翠般的油菜与嫩豌豆？

这些东西都是谁送给他们的？丁务源！

再说，谁家落了红白事，不是人家丁主任第一个跑来帮忙？谁家出了不大痛快的事故，不是人家丁主任像自天而降的喜神一般，把大事化小，小事化无？

是的，丁主任就在这里坐着呢。可是谁肯伸出指头去戳点他呢？

什么责任问题，补救方法，股东会都没有谈论。等到丁主任预备的酒席吃残，大家只能拍拍他的肩膀，说声“美满闭会”了。

丁务源是哪里的人？没有人知道。他是一切人——中外无别——的乡亲。他的言语也正配得上他的籍贯，他会把他所到过的地方的最简单的话，例如四川的“啥子”与“要得”，上海的“唔啥”，北平的“妈啦巴子”……都美好的联结到一处，变成一种独创的“国语”；有时候也还加上一半个“孤得”，或“夜司”，增加一点异国情味。

四十来岁，中等身量，脸上有点发胖，而肉都是亮的，丁务源不是个俊秀的人，而令人喜爱。他脸上那点发亮的肌肉，已经教人一见就痛快，再加上一对光满神足，顾盼多姿的眼睛，与随时变化而无往不宜的表情，就不只讨人爱，而且令人信任他了。最足以表现他的天才而使人赞叹不已的是他的衣服。他的长袍，不管是绸的还是布的，不管是单的还是棉的，永远是半新半旧的，使人一看就感到舒服；永远是比他的身材稍微宽大一些，于是他垂着手也好，揣着手也好，掉背着手更好，老有一些从容不迫的气度。他的小褂的领子与袖口，永远是洁白如雪；这样，即使大褂上有一小块油渍，或大襟上微微有点折绉，可是他的雪白的内衣的领与袖会使人相信他是最爱清洁的人。他老穿礼服呢厚白底子的鞋，而且裤脚儿上扎着绸子带儿；快走，那白白的鞋底与颤动的腿带，会显出轻灵飘洒；慢走，又显出雍容大雅。长袍，布底鞋，绸子裤脚带儿合在一处，未免太老派了，所以他在领子下面插上了一支派克笔和一支白亮的铅笔，来调和一下。

他老在说话，而并没说什么。“是呀”，“要得么”，“好”，这些小字眼被他轻妙地插在别人的话语中间，就好像他说了许多话似的。到必要时，他把这些小字眼也收藏起来，而只转转眼珠，或轻轻一咬嘴唇，或给人家从衣服上弹去一点点灰。这些小动作表现了关切、同情、用心，比说话的效果更大得多。遇见大事，他总是斩钉截铁地下这样的结论——没有问题，绝对的！说完这一声，他便把问题放下，而闲扯些别的，使对方把忧虑与关切马上忘掉。等到对方满意地告别了，他会倒头就睡，睡三四个钟头；醒来，他把那件绝对没有问题的事忘得一干二净。直等到那个人又来了，他才想起原来曾经有过那么一回事，而又把对方热诚地送走。事情，照例又推在一边。及至那个人快恼了他的时候，他会用农场的出品使朋友仍然和他和好。天下事都绝对没有问题，因为他根本不去办。

他吃得好，穿得舒服，睡得香甜，永远不会发愁。他绝对没有任何理想，所以想发愁也无从发起。他看不出彼此敷衍有什么不对的地方。他只知道敷衍能解决一切，至少能使他无忧无虑，脸上胖而且亮。凡足以使事情敷衍过去的手段，都是绝妙的手段。当他刚一得到农场主任的职务的时候，他便被姑姑老姨舅爷，与舅爷的舅爷包围起来，他马上变成了这群人的救主。没办法，只好一一敷衍。于是一部分有经验的职员与工人马上被他“欢送”出去，而舅爷与舅爷的舅爷都成了护法的天使，占据了地上的乐园。

没被辞退的职员与园丁，本都想辞职。可是，丁主任不给他们开口的机会。他们由书面上通知他，他连看也不看。于是，大家想不辞而别。但是，赶到真要走出农场时，大家的意见已经不甚一致。新主任到职以后，什么也没过问，而在两天之中把大家的姓名记得飞熟，并且知道了他们的籍贯。

“老张！”丁主任最富情感的眼，像有两条紫外光似的射到老张的心里，“你是广元人呀？乡亲！硬是要得！”丁主任解除了老张的武装。

“老谢！”丁主任的有肉而滚热的手拍着老谢的肩膀，“嗷，恩施？好地方！乡亲！要得么！”于是，老谢也缴了械。

多数的旧人们就这样受了感动，而把“不辞而别”的决定视为一时的冲动，不大合理。那几位比较坚决的，看朋友们多数鸣金收兵，也就不便再说什么，虽然心里还有点不大得劲儿。及至丁主任的胖手也拍在他们的肩头上，他们反觉得只有给他效劳，庶几乎可以赎出自己的行动幼稚、冒昧的罪过来。“丁主任是个朋友！”这句话即使不便明说，也时常在大家心中飞来飞去，像出笼的小鸟，恋恋不忍去似的。

大家对丁主任的信任心是与时俱增的。不管大事小事，只要向丁主任开口，人家丁主任是不会眨眨眼或愣一愣再答应的。他们的请托的话还没有说完，丁主任已说了五个“要得”。丁主任受人之托，事实上，是轻而易举的。比方说，他要进城——他时常进城——有人托他带几块肥皂。在托他的人想，丁主任是精明人，必能以极便宜的价钱买到极好的东西。而丁主任呢，到了城里，顺脚走进那最大的铺子，随手拿几块最贵的肥皂。拿回来，一说价钱，使朋友大吃一惊。“货物道地，”丁主任要交代清楚，“你晓得！多出钱，到大铺子去买，吃不了亏！你不要，我还留着用呢！你怎样？”怎能不要呢，朋友只好把东西接过去，连声道谢。

大家可是依旧信任他。当他们暗中思索的时候，他们要问：托人家带东西，带来了没有？带来了。那么人家没有失信。东西贵，可是好呢。进言无二价的大铺子买东西，谁不会呢，何必托他？不过，既然托他，他——堂堂的丁主任——岂是挤在小摊子上争钱讲价的人？这只能怪自己，不能怪丁主任。

慢慢地，场里的人们又有耳闻：人家丁主任给场长与股东们办事也是如此。不管办个“三天”，还是“满月”，丁主任必定闻风而至，他来到，事情就得由他办。烟，能买“炮台”就买“炮台”，能买到“三五”就是“三五”。酒，即使找不到“茅台”与“贵妃”，起码也是绵竹大曲。饭菜，嗷，先不用说饭菜吧，就是糖果也必得是冠生园的，主人们没法挑眼。不错，丁主任的手法确是太大；可是，他给主人们作了脸哪。主人说不出话来，而且没法不佩服丁主任见过世面。有时候，主妇们因为丁主任太好铺张而想表示不满，可是丁主任送来的礼物，与对她们的殷勤，使她们也无从开口。她们既不出声，男人们就感到事情都办得合理，而把丁主任看成了不起的人物。这样，丁主任既在场长与股东们眼中有了身份，农场里的人们就不敢再批评什么；即使吃了他的亏，似乎也是应当的。

及至丁主任作到两个月的主任，大家不但不想辞职，而且很怕被辞了。他们宁可舍着脸去逢迎谄媚他，也不肯失掉了地位。丁主任带来的人，因为不会作活，也就根本什么也不干。原有的工人与职员虽然不敢照样公然怠工，可是也不便再像原先那样实对实地每日作八小时工。他们自动把八小时改为七小时，慢慢地又改为六时，五小时。赶到主任进城的时候，他们干脆就整天休息。休息多了，又感到闷得慌，于是麻将与牌九就应运而起；牛羊们饿得乱叫，也压不下大家的欢笑与牌声。有一回，大家正赌得高兴，猛一抬头，丁主任不知道什么时候人不知鬼不觉地站在老张的后边！大家都愣了！

“接着来，没关系！”丁主任的表情与语调顿时教大家的眼都有点发湿，“干活是干活，玩是玩！老张，那张八万打得好，要得！”

大家的精神，就像都刚胡了满贯似的，为之一振。有的人被感动得手指直颤。

大家让主任加入。主任无论如何不肯破坏原局。直等到四圈完了，他才强被大家拉住，改组。“赌场上可不分大小，赢了拿走，输了认命，别说我是主任，谁是园丁！”主任挽起雪白的袖口，微笑着说。大家没有异议。“还玩这么大的，可是加十块钱的望子，自摸双？”大家又无异议。新局开始。主任的牌打得好。不但好，而且牌品高，打起牌来，他一声不出，连“要得”也不说了。他自己和牌，轻轻地好像抱歉似的把牌推倒。别人和牌，他微笑着，几乎是毕恭毕敬地送过筹码去。

十次，他总有八次赢钱，可是越赢越受大家敬爱；大家仿佛宁愿把钱输给主任，也不愿随便赢别人几个。把钱输给丁主任似乎是一种光荣。

不过，从实际上看，光荣却不像钱那样有用。钱既输光，就得另想生财之道。由正常的工作而获得的收入，谁都晓得，是有固定的数目。指着每月的工资去与丁主任一决胜负是作不通的。虽然没有创设什么设计委员会，大家可是都在打主意，打农场的主意。主意容易打，执行的勇气却很不易提起来。可是，感谢丁主任，他暗示给大家，农场的东西是可以自由处置的。没看见吗，农场的出品，丁主任都随便自己享受，都随便拿去送人。丁主任是如此，丁主任带来的“亲兵”也是如此，那么，别人又何必分外的客气呢?

于是，树华农场的肥鹅大鸭与油鸡忽然都罢了工，不再下蛋，这也许近乎污蔑这一群有良心的动物们，但是农场的账簿上千真万确看不见那笔蛋的收入了。外间自然还看得见树华的有名的鸭蛋——为孵小鸭用的——可是价钱高了三倍。找好鸭种的人们都交头接耳地嘀咕：“树华的填鸭鸭蛋得托人情才弄得到手呢。”在这句话里，老张、老谢、老李都成了被恳托的要人。

在蛋荒之后，紧接着便是按照科学方法建造的鸡鸭房都失了科学的效用。树华农场大闹黄鼠狼，每晚上都丢失一两只大鸡或肥鸭。有时候，黄鼠狼在白天就出来为非作歹，而在他们最猖獗的时间，连牛犊和羊羔都被劫去；多么大的黄鼠狼呀！

鲜花、青菜、水果的产量并未减少，因为工友们知道完全不工作是自取灭亡。在他们赌输了，睡足了之后，他们自动地努力工作，不是为公，而是为了自己。不过，产量虽未怎么减少，农场的收入却比以前差的多了。果子、青菜，据说都闹虫病。果子呢，须要剔选一番，而后付运，以免损害了农场的美誉。不知道为什么那些落选的果子仿佛更大更美丽一些，而先被运走。没人能说出道理来，可是大家都喜欢这么作。菜蔬呢，以那最出名的大白菜说吧，等到上船的时节，三斤重的就变成了一斤或一斤多点；那外面的大肥叶子——据说是受过虫伤的——都被剥下来，洗净，另捆成一把一把的运走，当作“猪菜”卖。这种猪菜在市场上有很高的价格。

这些事，丁主任似乎知道，可没有任何表示，当夜里闹黄鼠狼子的时候，即使他正醒着，听得明明白白，他也不会失去身份地出来看看。及至次晨有人来报告，他会顺口答音地声明：“我也听见了，我睡觉最警醒不过！”假若他高兴，他会继续说上许多关于黄鼬和他夜间怎样警觉的故事，当被黄鼬拉去而变成红烧的或清炖的鸡鸭，摆在他的面前，他就绝对不再提黄鼬，而只谈些烹饪上的问题与经验，一边说着，一边把最肥的一块鸭夹起来送给别人：“这么肥的鸭子，非挂炉烧烤不够味；清炖不相宜，不过，汤还看得！”他极大方地尝了两口汤。工人们若献给他钱——比如卖猪菜的钱——他绝对不肯收。“咱们这里没有等级，全是朋友；可是主任到底是主任，不能吃猪菜的钱！晚上打几圈儿好啦！要得吗？”他自己亲热地回答上，“要得！”把个“得”字说得极长。几圈麻将打过后，大家的猪菜钱至少有十分之八，名正言顺地入了主任的腰包。当一五一十的收钱的时候，他还要谦逊地声明：“咱们的牌都差不多，谁也说不上高明。我的把弟孙宏英，一月只打一次就够吃半年的。人家那才叫会打牌！不信，你给他个司长，他都不作，一个月打一次小牌就够了！”

秦妙斋从十五岁起就自称为宁夏第一才子。到二十多岁，看“才子”这个词儿不大时行了，乃改称为全国第一艺术家。据他自己说，他会雕刻，会作画，会弹古琴与钢琴，会作诗、小说，与戏剧：全能的艺术家。可是，谁也没有见过他雕刻，画图，弹琴，和作文章。

在平时，他自居为艺术家，别人也就顺口答音地称他为艺术家，倒也没什么。到了抗战时期，正是所谓国乱显忠臣的时候，艺术家也罢，科学家也罢，都要拿出他的真正本领来报效国家，而秦妙斋先生什么也拿不出来。这也不算什么。假若他肯虚心地去学习，说不定他也许有一点天才，能学会画两笔，或作些简单而通俗的文字，去宣传抗战，或者，干脆放弃了天才的梦，而脚踏实地地去作中小学的教师，或到机关中服务，也还不失为尽其在我。可是他不肯去学习，不肯去吃苦，而只想飘飘摇摇地作个空头艺术家。

他在抗战后，也曾加入艺术家们的抗战团体。可是不久便冷淡下来，不再去开会。因为在他想，自己既是第一艺术家，理当在各团体中取得领导的地位。可是，那些团体并没有对他表示敬意。他们好像对他和对一切好虚名的人都这么说：谁肯出力作抗战工作，谁便是好朋友；反之，谁要是借此出风头，获得一点虚名与虚荣，谁就乘早儿退出去。秦妙斋退了出来。但是，他不甘寂寞。他觉得这样的败退，并不是因为自己的浅薄虚伪，而是因为他的本领出众，不见容于那些妒忌他的人们。他想要独树一帜，自己创办一个什么团体，去过一过领导的瘾。这，又没能成功，没有人肯听他号召。在这之后，他颇费了一番思索，给自己想出两个字来：清高。当他和别人闲谈，或独自呻吟的时候，他会很得意地用这两个字去抹杀一切，而抬高自己："而今的一般自命为艺术家的，都为了什么？什么也不为，除了钱！真正懂得什么叫作清高的是谁？"他的鼻尖对准了自己的胸口，轻轻地点点头。"就连那作教授的也算不上清高，教授难道不拿薪水么？……"可是"你怎么活着呢？你的钱从什么地方来呢？"有那心直口快的这么问他。"我，我，"他有点不好意思，而不能回答，"我爸爸给我！"

是的，秦妙斋的父亲是财主。不过，他不肯痛快地供给儿子钱花。这使秦妙斋时常感到痛苦。假若不是被人家问急了，他不肯轻易的提出“爸爸”来。就是偶尔地提到，他几乎要把那个最有力量的形容字——不清高——也加在他的爸爸头上去！

按照着秦老者的心意，妙斋应当娶个知晓三从四德的老婆，而后一扑纳心地在家里看守着财产。假若妙斋能这样办，哪怕就是吸两口鸦片烟呢，也能使老人家的脸上纵起不少的笑纹来。可是，有钱的老子与天才的儿子仿佛天然是对头。妙斋不听调遣。他要作诗，画画，而且——最使老人伤心的——他不愿意在家里蹲着。老人没有旁的办法，只好尽量地勒着钱。尽管妙斋的平信，快信，电报，一齐来催钱，老人还是毫不动感情地到月头才给儿子汇来“点心费”。这点钱，到妙斋手里还不够还债的呢。我们的诗人，是感受着严重的压迫。挣钱去吧，既不感觉趣味，又没有任何本领；不挣钱吧，那位不清高的爸爸又是这样的吝啬！金钱上既受着压迫，他满想在艺术界活动起来，给精神上一点安慰。而艺术界的人们对他又是那么冷淡！他非常的灰心。有时候，他颇想摹仿屈原，把天才与身体一齐投在江里去。投江是件比较难于作到的事。于是，他转而一想，打算作个青年的陶渊明。“顶好是退隐！顶好！”他自己念道着，“世人皆浊我独清！只有退隐，没别的话好讲！”

高高的个子，长长的脸，头发像粗硬的马鬃似的，长长的，乱七八糟的，披在脖子上。虽然身量很高，可好像里面没有多少骨头，走起路来，就像个大龙虾似的那么东一扭西一拱的。眼睛没有神，而且爱在最需要注意的时候闭上一会儿，仿佛是随时都在作梦。

作着梦似的秦妙斋无意中走到了树华农场。不知道是为欣赏美景，还是走累了，他对着一株小松叹了口气，而后闭了会儿眼。

也就是上午一点钟吧，天上有几缕秋云，阳光从云隙发出一些不甚明的光，云下，存着些没有完全被微风吹散的雾。江水大体上还是黄的，只有江岔子里的已经静静地显出绿色。葡萄的叶子就快落净，茶花已顶出一些红瓣儿来。秦妙斋在鸭塘的附近找了块石头，懒洋洋地坐下。看了看四下里的山、江、花、草，他感到一阵难过。忽然地很想家，又似乎要作一两句诗，仿佛还有点触目伤情……这时候，他的感情极复杂，复杂到了既像万感俱来，又像茫然不知所谓的程度。坐了许久，他忽然在复杂混乱的心情中找到可以用话语说出来的一件事来。“我应当住在这里！”他低声对自己说。这句话虽然是那么简短，可是里边带着无限的感慨。离家，得罪了父亲，功未成，名未就……只落得独自在异乡隐退，想住在这静静的地方！他呆呆地看着池里的大白鸭，那洁白的羽毛，金黄的脚掌，扁而像涂了一层蜡的嘴，都使他心中更混乱，更空洞，更难过。这些白鸭是活的东西，不错；可是他们干吗活着呢？正如同天生下我秦妙斋来，有天才，有志愿，有理想，但是都有什么用呢？想到这里，他猛然的，几乎是身不由己的，立了起来。他恨这个世界，恨这个不叫他成名的世界！连那些大白鸭都可恨！他无意中地、顺手地捋下一把树叶，揉碎，扔在地上。他发誓，要好好地，痛快淋漓地写几篇文字，把那些有名的画家、音乐家、文学家都骂得一个小钱也不值！那群不清高的东西！

他向办公楼那面走，心中好像在说："我要骂他们！就在这里，这里，写成骂他们的文章！"

丁主任刚刚梳洗完，脸上带着夜间又赢了钱的一点喜气。他要到院中吸点新鲜空气。安闲地，手揣在袖口里，像采菊东篱下的诗人似的，他慢慢往外走。

在门口，他几乎被秦妙斋撞了个满怀。秦妙斋，大龙虾似的，往旁边一闪；照常往里走。他恨这个世界，碰了人就和碰了一块石头或一株树一样，只有不快，用不着什么客气与道歉。

丁主任，老练，安详，微笑地看着这位冒失的青年龙虾。"找谁呀？"他轻轻问了声。

秦妙斋稍一愣，没有答理他。

丁主任好像自言自语地说，"大概是个画家。"

秦妙斋的耳朵仿佛是专为听这样的话的，猛地立住，向后转，几乎是喊叫地，"你说什么？"

丁主任不知道自己的话是说对了，还是说错了，可是不便收回或改口。迟顿了一下，还是笑着："我说，你大概是个画家。”

“画家？画家？”龙虾一边问，一边往前凑，作着梦的眼睛居然瞪圆了。

丁先生不晓得怎样回答才好，只啊啊了两声。

妙斋的眼角上汪起一些热泪，口中的热涎喷到丁主任的脸上：“画家，我是——画家，你怎么知道？”说到这里，他仿佛已筋疲力尽，像快要晕倒的样子，摇晃着，摸索着，找到一只小凳，坐下，闭上了眼睛。

丁主任还笑着，可是笑得莫名其妙，往前凑了两步。还没走到妙斋的身边，妙斋的眼睛睁开了。“告诉你，我还不仅是画家，而且是全能的艺术家！我都会！”说着，他立起来，把右手扶在丁主任的肩上，“你是我的知己！你只要常常叫我艺术家，我就有了生命！生我者父母，知我者——你是谁？”

“我？”丁主任笑着回答，“小小园丁！”

“园丁？”

“我管着这座农场！”丁主任停住了笑。“你姓什么！”毫不客气地问。

“秦妙斋，艺术家秦妙斋。你记住，艺术家和秦妙斋老得一块儿喊出来；一分开，艺术家和我就都不存在了！”

“啵！”丁主任的笑意又回到脸上，进了大厅，眼睛往四面一扫——壁上挂着些时人的字画。这些字画都不甚高明，也不十分丑恶。在丁主任眼中，它们都怪有个意思，至少是挂在这里总比四壁皆空强一些。不过，他也有个偏心眼，他顶爱那张长方的，石印的抗战门神爷，因为色彩鲜明，“真”有个意思。他的眼光停在那片色彩上。

随着丁主任的眼，妙斋也看见了那些字画，他把眼光停在了那张抗战画上。当那些色彩分明地印在了他的心上的时候，他觉到一阵恶心，像忽然要发痧似的，浑身的毛孔都像针儿刺着，出了点冷汗。定一定神，他扯着丁先生，扑向那张使他恶心的画儿去。发颤的手指，像一根挺身作战的小枪似的，指着那堆色彩：“这叫画？这叫画？用抗战来欺骗艺术，该杀！该杀！”不由分说，他把画儿扯了下来，极快地撕碎，扔在地上，用脚狠狠地揉搓，好像把全国的抗战艺术家都踩在了泥土上似的。他痛快地吐了口气。

来不及拦阻妙斋的动作，丁主任只说了一串口气不同的“唉”！

妙斋犹有余怒，手指向四壁普遍的一扫：“这全要不得！通通要不得！”

丁主任急忙挡住了他，怕他再去撕毁。妙斋却高傲地一笑：“都扯了也没有关系，我会给你画！我给你画那碧绿的江、赭色的山、红的茶花、雪白的大鸭！世界上有那么多美丽的东西，为什么单单去画去写去唱血腥的抗战？混蛋！我要先写几篇文章，臭骂，臭骂那群污辱艺术的东西们。然后，我要组织一个真正艺术家的团体，一同主张——主张——清高派，暂且用这个名儿吧，清高派的艺术！我想你必赞同?”

“我?”丁主任不知怎样回答。

“你当然同意！我们就推你作会长！我们就在这里作画、治乐、写文章!”

“就在这里?”丁主任脸上有点不大得劲，用手摸了摸。

“就在这里！今天我就不走啦!”妙斋的嘴犄角直往外溅水星儿，“想想看，把这间大厅租给我，我爸爸有钱，你要多少我给多少。然后，我们艺术家们给你设计，把这座农场变成最美的艺术之家，艺术乐园！多么好！多么好!”

丁主任似乎得到一点灵感。口中随便用“要得”“不错”敷衍着，心中可打开了算盘。在那次股东会上，虽然股东们对他没有什么决定的表示，可是他自己看得清清楚楚，大家对他多少有点不满意。他应当把事情调整一下，教大家看看，他不是没有办法的人。是呀，这里的大厅闲着没有用，楼上也还有三间空房，为什么不租出去，进点租钱呢？况且这笔租金用不着上账；即使教股东们知道了，大家还能为这点小事来质问吗？对！他决定先试一试这位艺术家。“秦先生，这座大厅咱们大家合用，楼上还有三间空房，你要就得都要，一年一万块钱，一次交清。”

妙斋闭了眼，“好啦，一言为定！我给爸爸打电报要钱。”

“什么时候搬进来?”丁主任有点后悔。交易这么容易成功，想必是要少了钱。但是，再一想，三间房，而且在乡下，一万元应当不算少。管它呢，先进一万再说别的！“什么时候搬进来？”

“现在就算搬进来了！”

“啊？”丁主任有点悔意了，“难道你不去拿行李什么的？”“没有行李，我只有一身的艺术！”妙斋得意地哈哈地笑起来。

“租金呢？”

“那，你尽管放心：我马上打电报去！”

秦妙斋就这样的侵入了树华农场。不到两天，楼上已住满他的朋友。这些朋友，有男有女，有老有少，都时来时去，而绝对不客气。他们要床，便见床就搬了走；要桌子，就一声不响地把大厅的茶几或方桌拿了去。对于鸡鸭菜果，他们的手比丁主任还更狠，永远是理直气壮地拿起就吃。要摘花他们便整棵的连根儿拔出来。农场的工友甚至于须在夜间放哨，才能抢回一点东西来！

可是，丁主任和工友们都并不讨厌这群人。首要的因为这群人中老有女的，而这些女的又是那么大方随便，大家至少可以和他们开句小玩笑。她们仿佛给农场带来了一种新的生命。其次，讲到打牌，人家秦妙斋有艺术家的态度，输了也好，赢了也好，赌钱也好，赌花生米也好，一坐下起码二十四圈。丁主任原是不屑于玩花生米的，可是妙斋的热情感动了他，他不好意思冷淡地谢绝。

丁主任的心中老挂念着那一万元的租金。他时常调动着心思与语言，在最适当的机会暗示出催钱的意思。可是妙斋不接受暗示。虽然如此，丁主任可是不忍把妙斋和他的朋友撵了出去。一来是，他打听出来，妙斋的父亲的的确确是位财主；那么，假若财主一旦死去，妙斋岂不就是财产的继承人？“要把眼光放远一些！”丁主任常常这样警戒自己。二来是，妙斋与他的友人们，在实在没有事可干的时候，总是坐在大厅里高谈艺术。而他们的谈论艺术似乎专为骂人。他们把国内有名的画家、音乐家、文艺作家，特别是那些尽力于抗战宣传的，提名道姓地一个一个挨次咒骂。这，使丁主任闻所未闻。慢慢地，他也居然记住了一些艺术家的姓名。遇到机会，他能说上来他们的一些故事，仿佛他同艺术家们都是老朋友似的。这，使与他来往的商人或闲人感到惊异，他自己也得到一些愉快。还有，当妙斋们把别人咒腻了，他们会得意地提出一些社会上的要人来，“是的，我们要和他取得联络，来建设起我们自己的团体来！那，我可以写信给他；我要告诉明白了他，我们都是真正清高的艺术家！”……提到这些要人，他们大家口中的唾液都好像甜蜜起来，眼里发着光。“会长！”他们在谈论要人之后，必定这样叫丁主任：“会长，你看怎样？”丁主任自己感到身量又高了一寸似的！他不由地怜爱了这群人，因为他们既可以去与要人取得联络，而且还把他自己视为要人之一！他不便发表什么意见，可是常常和妙斋肩并肩地在院中散步。他好像完全了解妙斋的怀才不遇，妙斋微叹，他也同情地点着头。二人成了莫逆之交!

丁主任爱钱，秦妙斋爱名，虽然所爱的不同，可是在内心上二人有极相近的地方，就是不惜用卑鄙的手段取得所爱的东西。因此，丁主任往往对妙斋发表些难以入耳的最下贱的意见，妙斋也好好地静听，并不以为可耻。

眨眨眼，到了阳历年。

除夕，大家正在打牌，宪兵从楼上抓走两位妙斋的朋友。

丁主任口里直说“没关系”，心中可是有点慌。他久走江湖，晓得什么是利，哪是害。宪兵从农场抓走了人，起码是件不体面的事，先不提更大的干系。

秦妙斋丝毫没感到什么。那两位被捕的人是谁？他只知道他们的姓名，别的一概不清楚。他向来不细问与他来往的人是干什么的。只要人家捧他，叫他艺术家，他便与人家交往。因此，他有许多来往的人，而没有真正的朋友。他们被捕去，他绝对没有想到去打听打听消息，更不用说去营救了。有人被捕去，和农场丢失两只鸭子一样无足轻重。本来嘛，神圣的抗战，死了那么多的人，流了那么多的血，他都无动于衷，何况是捕去两个人呢？当丁主任顺口搭音地盘问他的时候，他只极冷淡地说：“谁知道！枪毙了也没法子呀!”

丁主任，连丁主任，也感到一点不自在了。口中不说，心里盘算着怎样把妙斋赶了出去。“好嘛，给我这儿招来宪兵，要不得！”他自己念道着。同时，他在表情上，举动上，不由地对妙斋冷淡多了。他有点看不起妙斋。他对一切不负责任，可是他心中还有“朋友”这个观念。他看妙斋是个冷血动物。

妙斋没有感觉出这点冷淡来。他只看自己，不管别人的表情如何，举动怎样。他的脑子只管计划自己的事，不管替别人思索任何一点什么。

慢慢地，丁主任打听出来：那两位被捕的人是有汉奸的嫌疑。他们的确和妙斋没有什么交情，但是他们口口声声叫他艺术家，于是他就招待他们，甚至于允许他们住在农场里。平日虽然不负责任，可是一出了乱子，丁主任觉出自己的责任与身份来。他依然不肯当面告诉妙斋：“我是主任，有人来往，应当先告诉我一声。”但是，他对妙斋越来越冷淡。他想把妙斋“冰”了走。

到了一月中旬，局势又变了。有一天，忽然来了一位有势力、与场长最相好的股东。丁主任知道事情要不妙。从股东一进门，他便留了神，把自己的一言一笑都安排得像蜗牛的触角似的，去试探，警惕。一点不错，股东暗示给他，农场赔钱，还有汉奸随便出入，丁主任理当辞职。丁主任没有否认这些事实，可也没有承认。他说着笑着，态度极其自然。他始终不露辞职的口气。

股东告辞，丁主任马上找了秦妙斋去。秦妙斋是——他想——财主的大少爷，他须起码教少爷明白，他现在是替少爷背了罪名。再说，少爷自称为文学家，笔底下一定很好，心路也多，必定能替他给全体股东写封极得体的信。是的，就用全体职工的名义，写给股东们，一致挽留丁主任。不错，秦妙斋是个冷血动物；但是，“我走，他也就住不下去了！他还能不卖气力吗？”丁主任这样盘算好，每个字都裹了蜜似的，在门外呼唤：“秦老弟！艺术家！”

秦妙斋的耳朵竖了起来，龙虾的腰挺直，他准备参加战争。世界上对他冷淡得太久了，他要挥出拳头打个热闹，不管是为谁，和为什么！“宁自一把火把农场烧得干干净净，我们也不能退出！”他喷了丁主任一脸唾沫星儿，倒好像农场是他一手创办起来似的。

丁主任的脸也增加了血色。他后悔前几天那样冷淡了秦妙斋，现在只好一口一个“艺术家”地来赎罪。谈过一阵，两个人亲密得很有些像双生的兄弟。最后，妙斋要立刻发动他的朋友：“我们马上放哨，一直放到江边。他们假若真敢派来新主任，我就会教他怎么来，怎么滚回去！”同时，他召集了全体职工，在大厅前开会。他登在一块石头上，声色俱厉地演说了四十分钟。

妙斋在演说后，成了树华农场的灵魂。不但丁主任感激，就是职员与工友也都称赞他：“人家姓秦的实在够朋友！”

大家并不是不知道，秦先生并不见得有什么高明的确切的办法。不过，闹风潮是赌气的事，而妙斋恰好会把大家感情激动起来，大家就没法不承认他的优越与热烈了。大家甚至于把他看得比丁主任还重要，因为丁主任虽然是手握实权，而且相当地有办法，可是他到底是多一半为了自己；人家秦先生呢，根本与农场无关，纯粹是路见不平，拔刀相助。这样，秦先生白住房、偷鸡蛋，与其他一切小小的罪过，都变成了理所当然的事。他，在大家的眼中，现在完全是个侠肠义胆的可爱可敬的人。

丁主任有十来天不在农场里。他在城里，从股东的太太与小姐那里下手，要挽回他的颓势。至于农场，他以为有妙斋在那里，就必会把大家团结得很坚固，一定不会有内奸，捣他的乱。他把妙斋看成了一座精神堡垒！等到他由城中回来，他并没对大家公开地说什么，而只时常和妙斋有说有笑地并肩而行。大家看着他们，心中都得到了安慰，甚至于有的人喊出：“我们胜利了！”

农场糟到了极度。那喊叫“我们胜利了”的，当然更肆无忌惮，几乎走路都要模仿螃蟹；那稍微悲观一些的，总觉得事情并不能这么容易得到胜利，于是抱着干一天算一天的态度，而拚命往手中搂东西，好像是说：“滚蛋的时候，就是多拿走一把小镰刀也是好的！”

旧历年是丁主任的一“关”。表面上，他还很镇定，可是喝了酒便爱发牢骚。“没关系！”他总是先说这一句，给自己壮起胆气来。慢慢地，血液循环的速度增加了，他身上会忽然出点汗。想起来了：张太太——张股东的二夫人——那里的年礼送少了！他愣一会儿，然后，自言自语地说：“人事，都是人事；把关系拉好，什么问题也没有！”酒力把他的脑子催得一闪一闪的，忽然想起张三，忽然想起李四，“都是人事问题！”

新年过了，并没有任何动静。丁主任的心像一块石头落了地。新年没有过好，必须补充一下；于是一直到灯节，农场中的酒气牌声始终没有断过。

灯节后的那么一天，已是早晨八点，天还没甚亮。浓厚的黑雾不但把山林都藏起去，而且把低处的东西也笼罩起来，连房屋的窗子都像挂起黑的帘幕。在这大雾之中，有些小小的雨点，有时候飘飘摇摇地像不知落在哪里好，有时候直滴下来，把雾色加上一些黑暗。农场中的花木全静静地低着头，在雾中立着一团团的黑影。农场里没有人起来，梦与雾好像打成了一片。

大雾之后容易有晴天。在十点钟左右，雾色变成红黄，一轮红血的太阳时时在雾薄的时候露出来，花木叶子上的水点都忽然变成小小的金色的珠子。农场开始有人起床。秦妙斋第一个起来，在院中绕了一个圈子。正走在大藤萝架下，他看见石板路上来了三个人。最前面的是一位女的，矮身量，穿着不知有多少衣服，像个油篓似的慢慢往前走，走得很吃力。她的后面是个中年的挑夫，挑着一大一小两只旧皮箱，和一个相当大的、风格与那位女人相似的铺盖卷，挑夫的头上冒着热汗。最后，是一位高身量的汉子，光着头，发很长，穿着一身不体面的西服，没有大衣，他的肩有些向前探着，背微微有点弯。他的手里拿着个旧洋磁的洗脸盆。

秦妙斋以为是他自己的朋友呢，他立在藤萝架旁，等着和他们打招呼。他们走近了，不相识。他还没动，要细细看看那个女的，对女的他特别感觉兴趣。那个大汉，好像走得不耐烦了，想赶到前边来，可是石板路很窄，而挑夫的担子又微微的横着，他不容易赶过来。他想踏着草地绕过来，可是脚已迈出，又收了回去，好像很怕踏损了一两根青草似的。到了藤架前，女的立定了，无聊地，含怨地，轻叹了一声。挑夫也立住。大汉先往四下一望，而后挤了过来。这时候，太阳下面的雾正薄得像一片飞烟，把他的眉眼都照得发光。他的眉眼很秀气，可是像受过多少什么无情的折磨似的，他的俊秀只是一点残余。他的脸上有几条来早了十年的皱纹。他要把脸盆递给女人，她没有接取的意思。她仅“啊”了一声，把手缩回去。大概她还要夸赞这农场几句，可是，随着那声“啊”，她的喜悦也就收敛回去。阳光又暗了一些，他们的脸上也黯淡了许多。

那个女的不甚好看。可是，眼睛很奇怪，奇怪得使人没法不注意她。她的眼老像有甚么心事——像失恋，损伤了儿女或破产那类的大事——那样的定着，对着一件东西定视，好久才移开，又去定视另一件东西。眼光移开，她可是仿佛并没看到什么。当她注意一个人的时候，那个人总以为她是一见倾心，不忍转目。可是，当她移开眼光的时节，他又觉得她根本没有看见他。她使人不安、惶惑，可是也感到有趣。小圆脸，眉眼还端正，可是都平平无奇。只有在她注视你的时候，你才觉得她并不难看，而且很有点热情。及至她又去对别的人，或别的东西愣起来，你就又有点可怜她，觉得她不是受过什么重大的刺激，就是天生的有点白痴。

现在，她扭着点脸，看着秦妙斋。妙斋有点兴奋，拿出他自认为最美的姿态，倚在藤架的柱子上，也看着她。

“哪个叨？”挑夫不耐烦了，“走不走吗？”

“明霞，走！”那个男人毫无表情地说。

“干什么的？”妙斋的口气很不客气地问他，眼睛还看着明霞。

“我是这里的主任。”那个男的一边说，一边往里走。

“啊？主任？”妙斋挡住他们的去路，“我们的主任姓丁。”

“我姓尤，”那个男的随手一拨，把妙斋拨开，还往前走，“场长派来的新主任。”

秦妙斋愣住了，闭了一会儿眼，睁开眼，他像条被打败了的狗似的，从小道跑进去。他先跑到大厅。“丁，老丁！”他急切地喊，“老丁！”

丁主任披着棉袍，手里拿着条冒热气的毛巾，一边擦脸，一边从楼上走下来。

“他们派来了新主任!”

“啊?”丁主任停止了擦脸，“新主任?”

“集合！集合！教他怎么来的怎么滚回去!”妙斋回身想往外跑。

丁主任扔了毛巾，双手撩着棉袍，几步就把妙斋赶上，拉住，“等等！你上楼去，我自有办法!”

妙斋还要往外走，丁主任连推带搡，把他推上楼去。而后，把钮子扣好，稳重庄严地走出来。拉开门，正碰上尤主任。满脸堆笑地，他向尤先生拱手：“欢迎！欢迎！欢迎新主任！这是——”他的手向明霞高拱。没有等尤主任回答，他亲热地说：“主任太太吧?”紧跟着，他对挑案下了命令：“拿到里边来吗!”把夫妻让进来，看东西放好，他并没有问多少钱雇来的，而把大小三张钱票交给挑夫——正好比雇定的价钱多了五角。

尤主任想开门见山地问农场的详情，但是丁务源忙着喊开水，洗脸水；吩咐工友打扫屋子，丝毫不给尤主任说话的机会。把这些忙完，他又把明霞大嫂长大嫂短地叫得震心，一个劲儿和她扯东道西。尤主任几次要开口，都被明霞给截了回去；乘着丁务源出去那会儿，她责备丈夫：“那些事，干吗忙着问，日子长着呢，难道你今天就办公?”

第一天一清早，尤主任就穿着工人装，和工头把农场每一个角落都检查到，把一切都记在小本儿上。回来，他催丁主任办交代。丁主任答应三天之内把一切办理清楚。明霞又帮了丁务源的忙，把三天改成六天。

一点合理的错误，使人抱恨终身。尤主任——他叫大兴——是在英国学园艺的。毕业后便在母校里作讲师。他聪明，强健，肯吃苦。作起“试验”来，他的大手就像绣花的姑娘的那么轻巧、准确、敏捷。作起用力的工作来，他又像一头牛那样强壮，耐劳。他喜欢在英国，因为他不善应酬，办事认真，准知道回到祖国必被他所痛恨的虚伪与无聊给毁了。但是，抗战的喊声震动了全世界；他回了国。他知道农业的重要，和中国农业的急应改善。他想在一座农场里，或一间实验室中，把他的血汗献给国家。

回到国内，他想结婚。结婚，在他心中，是一件必然的，合理的事。结了婚，他可以安心地工作，身体好，心里也清静。他把恋爱视成一种精力的浪费。结婚就是结婚，结婚可以省去许多麻烦，别的事都是多余，用不着去操心。于是，有人把明霞介绍给他，他便和她结了婚。这很合理，但是也是个错误。

明霞的家里有钱。尤大兴只要明霞，并没有看见钱。她不甚好看，大兴要的是一个能帮助他的妻子，美不美没有什么关系。明霞失过恋，曾经想自杀；但这是她的过去的事，与大兴毫不相干。她没有什么本领，但在大兴想，女人多数是没有本领的；结婚后，他曾以身作则地去吃苦耐劳，教育她，领导她；只要她不瞎胡闹，就一切不成问题。他娶了她。

明霞呢，在结婚之前，颇感到些欣悦。不是因为她得到了理想爱人——大兴并没请她吃过饭，或给她买过鲜花——而是因为大兴足以替她雪耻。她以前所爱的人抛弃了她，像随便把一团废纸扔在垃圾堆上似的。但是，她现在有了爱人；她又可以仰着脸走路了。

在结婚后，她的那点欣悦和婚礼时戴的头纱差不多，永远收藏起去了。她并不喜欢大兴。大兴对工作的努力，对金钱的冷淡，对三姑六姨的不客气，都使她感到苦痛。但是，当有机会夫妇一道走的时候，她还是紧紧地拉着他，像将被溺死的人紧紧抓住一把水草似的。无论如何，他是一面雪耻的旗帜，她不能再把这面旗随便扔在地上！

大兴的努力、正直、热诚，使自己到处碰壁。他所接触到的人，会慢慢很巧妙地把他所最珍视的“科学家”三个字变成一种嘲笑。他们要喝酒去，或是要办一件不正当的事，就老躲开“科学家”。等到“科学家”天天成为大家开玩笑的用语，大兴便不能不带着太太另找吃饭的地方去！明霞越来越看不起丈夫。起初，她还对他发脾气，哭闹一阵。后来，她知道哭闹是毫无作用的，因为大兴似乎没有感情；她闹她的气，他作他的事。当她自己把泪擦干了，他只看她一眼，而后问一声：

“该作饭了吧？”她至少需要一个热吻，或几句热情的安慰；他至多只拍拍她的脸蛋。他决不问闹气的原因与解决的办法，而只谈他的工作。工作与学问是他的生命，这个生命不许爱情来分润一点利益。有时候，他也在她发气的时候，偷偷弹去自己的一颗泪，但是她看得出，这只是怨恨她不帮助他工作，而不是因为爱她，或同情她。只有在她病了的时候，他才真像个有爱心的丈夫，他能像作试验时那么细心来看护她。他甚至于坐在床边，拉着她的手，给她说故事。但是，他的故事永远是关于科学的。她不爱听，也就不感激他。及至医生说，她的病已不要紧了，他便马上去工作。医生是科学家，医生的话绝对不能有错误。他丝毫没想到病人在没有完全好了的时候还需要安慰与温存。

她不能了解大兴，又不能离婚，她只能时时地定睛发呆。

现在，她又随着大兴来到树华农场。她已经厌恶了这种搬行李，拿着洗脸盆的流浪生活。她作过小姐，她愿有自己的固定的，款式的家庭。她不能不随着他来。但是既来之则安之，她不愿过十天半月又走出去。她不能辨别谁好谁坏，谁是谁非，但是她决定要干涉丈夫的事，不教他再多得罪人。她这次须起码把丈夫的正直刚硬冲淡一些，使大家看在她的面上原谅了尤大兴。她开首便帮忙了丁务源，还想敷衍一切活的东西，就连院中的大鹅，她也想多去喂一喂。

尤主任第一个得罪了秦妙斋。秦妙斋没有权利住在这里，请出！秦妙斋本没有任何理由充足的话好说，但是他要反驳。说着说着，他找到了理由："你为什么不称呼我为艺术家呢？"凭这个污辱，他不能搬走！"咱们等着瞧吧，看谁先搬出去！"

尤主任只知道守法讲理是当然的事。虽然回国以后，已经受过多少不近情理的打击，可是还没遇见这么荒唐的事。他动了气，想请警察把妙斋捉出去。这时候，明霞又帮了妙斋的忙，替他说了许多"不要太忙，他总会顺顺当当地搬出去"的话。

妙斋和丁务源开了一个秘密会议。妙斋主战，丁务源主和，但是在妙斋说了许多强硬的话之后，丁务源也同意了主战。他称赞妙斋的勇敢，呼他为侠义的艺术家。妙斋感激得几乎晕了过去。

事实上，丁务源绝对不想和尤主任打交手战。在和妙斋谈过话之后，他决定使妙斋和尤大兴作战，而他自己充好人。同时，关于他自己的事，他必定先和明霞商议一下，或者请她去办交涉。他避免与尤主任作正面冲突。见着大兴，他永远摆出使人信任的笑脸，他知道出去另找事作不算难，但是找与农场里这样的舒服而收入又高的事就不大容易。他决定用"忍"字对付一切。假若妙斋与工人们把尤主任打了，他便可以利用机会复职。即使一时不能复职，他也会运动明霞和股东太太们，教他作个副主任。他这个副主任早晚会把正主任顶出去，他自信有这个把握，只要他能忍耐。把妙斋与明霞埋伏在农场，他进了城。

尤主任急切地等着丁务源办交代，交代了之后，他好通盘地计划一切。但是，丁务源进了城。他非常着急。拿人一天的钱，他就要作一天的事，他最恨敷衍与慢慢地拖。在他急得要发脾气的时候，明霞的眼又定住了。半天，她才说话："丁先生不会骗你，他一两天就回来，何必这么着急呢？"

大兴并不因妻的劝告而消了气，但是也不因生气而忘了作事。他会把怒气压在心里，而手脚还去忙碌。他首先贴出布告：大家都要六时半起床，七时上工。下午一点上工，五时下工。晚间九时半熄灯上门，门不再开。在大厅里，他贴好：办公重地，闲人免进。而后，他把写字台都搬了来，职员们都在这里办事——都在他眼皮底下办事。办公室里不准吸烟，解渴只有白开水。

命令下过后，他以身作则地，在壁钟正敲七点的时节，已穿好工人装，在办公厅门口等着大家。丁务源的"亲兵"都来得相当的早，因为他们知道自己毫无本事，而他们的靠山能否复职又无把握，所以他们得暂时低下头去。他们用按时间作事来遮掩他们的不会作事。有的工人迟到，受了秦妙斋的挑拨，他们故意和新主任捣乱。

尤主任忍耐地等着。等大家都来齐，他并没发脾气，也没说闲话。开门见山地，他分配了工作，他记不清大家的姓名，但是他的眼睛会看，谁是有经验的工人，谁是混饭吃的。对混饭吃的，他打算一律撤换，但在没有撤换之前，他也给他们活儿作——“今天，你不能白吃农场的饭。”他心里说。

“你们三位，”他指定三个工人，“去把葡萄枝子全剪了。不打枝子，下一季没法结葡萄。限两天打完。”

“怎么打?”一个工人故意为难。

“我会告诉你们！我领着你们去作!”然后，他给有经验的工人全分配了工作，“你们三位给果木们涂灰水，该剥皮的剥皮，该刻伤的刻伤，回来我细告诉你们。限三天作完。你们二位去给菜蔬上肥。你们三位去给该分根的花草分根……”然后，轮到那些混饭吃的：“你们二位挑沙子，你们俩挑水，你们二位去收拾牛羊圈……”

混饭吃的都撅了嘴。这些事，他们能作，可是多么费力气，多么肮脏呢！他们往四下里找，找不到他们的救主丁务源的胖而发光的脸。他们祷告：“快回来呀！我们已经成了苦力!”

那些有经验的工人，知道新主任所吩咐的事都是应当作的。虽然他所提出的办法，有和他们的经验不甚相同的地方，可是人家一定是内行。及至尤主任同他们一齐下手工作，他们看出来，人家不但是内行，而且极高明。凡是动手的，尤主任的大手是那么准确，敏捷。凡是要说出道理的地方，尤主任三言五语说得那么简单，有理。从本事上看，从良心上说，他们无从，也不应当，反对他。假若他们还愿学一些新本事，新知识的话，他们应该拜尤主任为师。但是，他们的良心已被丁务源给蚀尽。他们的手还记得白板的光滑，他们的口还咂摸着大曲酒的香味；他们恨恶镰刀与大剪，恨恶院中与山上的新鲜而寒冷的空气。

现在，他们可是不能不工作，因为尤主任老在他们的身旁。他由葡萄架跑到果园，由花畦跑到菜园，好像工作是最可爱的事。他不叱喝人，也不着急，但是他的话并不客气，老是一针见血地使他们在反感之中又有点佩服。他们不能偷闲，尤主任的眼与脚是同样快的：他们刚要放下活儿，他就忽然来到，问他们怠工的理由。他们答不出。要开水吗？开水早送到了。热腾腾的一大桶。要吸口烟吗？有一定的时间。他们毫无办法。

他们只好低着头工作，心中憋着一股怨气。他们白天不能偷闲，晚间还想照老法，去捡几个鸡蛋什么的。可是主任把混饭的人们安排好，轮流值夜班。“一摸鸡鸭的裆儿，我就晓得正要下蛋，或是不久就快下蛋了。一天该收多少蛋，我心中大概有个数目，你们值夜，夜间丢失了蛋，你们负责！”尤主任这样交派下去。好了，连这条小路也被封锁了！

过了几天，农场里一切差不多都上了轨道。工人们到底容易感化。他们一方面恨尤主任，一方面又敬佩他。及至大家的生活有了条理，他们不由地减少了恨恶，而增加了敬佩。他们晓得他们应当这样工作，这样生活。渐渐地，他们由工作和学习上得到些愉快，一种与牌酒场中不同的，健康的愉快。

尤主任答应下，三个月后，一律可以加薪，假若大家老按着现在这样去努力。他也声明：大家能努力，他就可以多作些研究工作，这种工作是有益于民族国家的。大家听到民族国家的字样，不期然而然都受了感动。他们也愿意多学习一点技术，尤主任答应下给他们每星期开两次晚班，由他主讲园艺的问题。他也开始给大家筹备一间游艺室，使大家得到些正当的娱乐。大家的心中，像院中的花草似的，渐渐发出一点有生气的香味。

不过，向上的路是极难走的。理智上的崇高的决定，往往被一点点浮浅的低卑的感情所破坏。情感是极容易发酒疯的东西。有一天，尤大兴把秦妙斋锁在了大门外边。九点半锁门，尤主任绝不宽限。妙斋把场内的鸡鹅牛羊全吵醒了，门还是没有开。他从藤架的木柱上，像猴子似的爬了进来，碰破了腿，一瘸一点的，他摸到了大厅，也上了锁。他一直喊到半夜，才把明霞喊动了心，把他放进来。

由尤主任的解说，大家已经晓得妙斋没有住在这里的权利，而严守纪律又是合理的生活的基础。大家知道这个，可是在感情上，他们觉得妙斋是老友，而尤主任是新来的，管着他们的人。他们一想到妙斋，就想起前些日子的自由舒适，他们不由地动了气，觉得尤主任不近人情。他们一一地来慰问妙斋，妙斋便乘机煽动，把尤大兴形容得不像人。“打算自自在在地活着，非把那个猪狗不如的东西打出去不可！”他咬着牙对他们讲，“不过，我不便多讲，怕你们没有胆子！你们等着瞧吧，等我的腿好了，我独自管教他一顿，教你们看看！”

他们的怒气被激起来，大家都不约而同地留神去找尤大兴的破绽，好借口打他。

尤主任在大家的神色上，看出来情势不对，可是他的心里自知无病，绝对不怕他们。他甚至于想到，大家满可以毫无理由地打击他，驱逐他，可是他决不退缩，妥协。科学的方法与法律的生活，是建设新中国的必经的途径。假若他为这两件事而被打，好吧，他愿作了殉道者。

一天，老刘值夜。尤主任在就寝以前，去到院中查看，他看见老刘私自藏起两个鸡蛋。他不能睁着一只眼，闭着一只眼地敷衍。他过去询问。

老刘笑了：“这两个是给尤太太的！”

“尤太太？”大兴仿佛不晓得明霞就是尤太太。他愣住了。及至想清楚了，他像飞也似的跑回屋中。

明霞正要就寝。平平的黄圆脸上没有任何表情，坐在床沿上，定睛看着对面的壁上——那里什么也没有。

“明霞！”大兴喘着气叫，“明霞，你偷鸡蛋？”

她极慢地把眼光从壁上收回，先看看自己拖鞋尖的绣花，而后才看丈夫。

“你偷鸡蛋?”

“啊!”她的声音很微弱，可是一种微弱的反抗。

“为什么?”大兴的脸上发烧。

“你呀，到处得罪人，我不能跟你一样！我为你才偷鸡蛋!”她的脸上微微发出点光。

“为我?”

“为你!”她的小圆脸更亮了些，像是很得意，“你对他们太严，一草一木都不许私自动。他们要打你呢！为了你，我和他们一样地去拿东西，好教他们恨你而不恨我。他们不恨我，我才能为你说好话，不是吗？自己想想看！我已经攒了三十个大鸡蛋了!”她得意地从床下拉出一个小筐来。

尤大兴立不住了。脸上忽然由红而白。摸到一个凳子，坐下，手在膝上微颤。他坐了半夜，没出一声。

第二天一清早，院里外贴上标语，都是妙斋编写的。“打倒无耻的尤大兴!”“拥护丁主任复职!”“驱逐偷鸡蛋的坏蛋!”“打倒法西斯的走狗!”“消灭不尊重艺术的魔鬼!”……

大家罢了工，要求尤大兴当众承认偷蛋的罪过，而后辞职，否则以武力对待。

大兴并没有丝毫惧意，他准备和大家谈判。明霞扯住了他。乘机会，她溜出去，把屋门倒锁上。

“你干吗?”大兴在屋里喊，“开开!”

她一声没出，跑下楼去。

丁务源由城里回来了，已把副主任弄到手。“喝！”他走到石板路上，看见剪了枝的葡萄，与涂了白灰的果树，“把葡萄剪得这么苦。连根刨出来好不好！树也擦了粉，硬是要得！”

进了大门，他看到了标语。他的脚踵上像忽然安了弹簧，一步催着一步地往院中走，轻巧，迅速；心中也跳得轻快，好受；口里将一个标语按照着二黄戏的格式哼唧着。这是他所希望的，居然实现了！“没想到能这么快！妙斋有两下子！得好好的请他喝两杯！”他口中唱着标语，心中还这么念道。

刚一进院子，他便被包围了。他的“亲兵”都喜欢得几乎要落泪。其余的人也都像看见了久别的手足，拉他的，扯他的，拍他肩膀的，乱成一团；大家的手都要摸一摸他，他的衣服好像是活菩萨的袍子似的，挨一挨便是功德。他们的口一齐张开，想把冤屈一下子都倾泻出来。他只听见一片声音，而辨不出任何字来。他的头向每一个人点一点，眼中的慈祥的光儿射在每一个人的身上，他的胖而热的手指挨一挨这个，碰一碰那个。他感激大家，又爱护大家，他的态度既极大方，又极亲热。他的脸上发着光，而眼中微微发湿。“要得！”“好！”“嗽！”“他妈拉个巴子！”他随着大家脸上的表情，变换这些字眼儿。最后，他向大家一举手，大家忽然安静了，“朋友们，我得先休息一会儿，小一会儿；然后咱们再详谈。不要着急生气，咱们都有办法，绝对不成问题！”

“请丁主任先歇歇！让开路！别再说！让丁主任休息去！”大家纷纷喊叫。有的还恋恋不舍地跟着他，有的立定看着他的背影，连连点头赞叹。

丁务源进了大厅，想先去看妙斋。可是，明霞在门旁等着他呢。

“丁先生！”她轻轻地，而是急切地，叫，“丁先生！”

“尤太太！这些日子好吗？要得！”

“丁先生！”她的小手揉着条很小的，花红柳绿的手帕，“怎么办呢？怎么办呢？”

“放心！尤太太！没事！没事！来！请坐！”他指定了一张椅子。

明霞像作错了事的小女孩似的，乖乖地坐下，小手还用力揉那条手帕。

“先别说话，等我想一想！”丁务源背着手，在屋中沉稳而有风度地走了几步。“事情相当的严重，可是咱们自有办法。”他又走了几步，摸着脸蛋，深思细想。

明霞沉不住气了，立起来，迫着他问：“他们真要打大兴吗？”

“真的！”丁副主任斩钉截铁地回答。

“那怎么办呢？怎么办呢？”明霞把手帕团成一个小团，用它擦了擦鼻洼与嘴角。

“有办法！”丁务源大大方方地坐下，“你坐下，听我告诉你，尤太太！咱们不提谁好谁歹，谁是谁非，咱们先解决这件事，是不是?”

明霞又乖乖地坐下，连声说“对！对！”

“尤太太看这么办好不好?”

“你的主意总是好的！”

“这么办：交代不必再办，从今天起请尤主任把事情还全交给我办，他不必再分心。”

“好！他一向太爱管事！”

“就是呀！教他给场长写信，就说他有点病，请我代理。”

“他没有病，又不爱说谎！”

“在外边混事，没有不扯谎的！为他自己的好处，他这回非说谎不可！”

“啾！好吧！”

“要得！请我代理两个月，再教他辞职，有头有脸地走出去，面子上好看！”

明霞立起来：“他得辞职吗?”

“他非走不可！”

“那……”

“尤太太，听我说！”丁务源也立起来，“两个月，你们照常支薪，还住在这里，他可以从容地去找事。两个月之中，六十天工夫，还找不到事吗?”

“又得搬走?”明霞对自己说，泪慢慢地流下来。愣了半天，她忽然吸了一吸鼻子，用尽力量地说："好！就是这么办啦！"她跑上楼去。

开开门一看，她的腿软了，坐在了地板上。尤大兴已把行李打好，拿着洗面盆，在床沿上坐着呢。

沉默了好久，他一手把明霞搀起来，"对不起你，霞！咱们走吧！"

院中没有一个人，大家都忙着杀鸡宰鸭，欢宴丁主任，没工夫再注意别的。自己挑着行李，尤大兴低着头向外走。他不敢看那些花草树木——那会教他落泪。明霞不知穿了多少衣服，一手提着那一小筐鸡蛋，一手揉着眼泪，慢慢地在后面走。

树华农场恢复了旧态，每个人都感到满意。丁主任在空闲的时候，到院中一小块一小块地往下撕那些各种颜色的标语，好把尤大兴完全忘掉。

不久，丁主任把妙斋交给保长带走，而以一万五千元把空房租给别人，房租先付，一次付清。

到了夏天，葡萄与各种果树全比上年多结了三倍的果实，仿佛只有它们还记得尤大兴的培植与爱护似的。

果子结得越多，农场也不知怎么越赔钱。